U0074767

少年廚俠 5

陰謀與真相

文/鄭宗弦

圖/唐唐

目錄

作者序　結合「美食」與「武俠」的冒險之旅　文／鄭宗弦　7

第一章　大鬧千叟宴　16

第二章　鐘乳石洞裡的善行　26

第三章　踏查神功發源地　33

第四章　尋找曹氏族譜　43

第五章　纜車上的黑衣人　53

第六章　地下暗室的機密　62
第七章　第五道神菜　74
第八章　好心的中年和尚　90
第九章　充滿爭議的獻藝法會　100
第十章　聚春園酒樓的新廚師　111
第十一章　綁架孕婦的怪姥姥　122
第十二章　生死一念間　133
第十三章　最上乘的易容術　142
第十四章　意料之外的死因　154

第十五章　突襲校園的新督學　165
第十六章　保險箱裡的終極證物　175
第十七章　陰謀與眞相　186
第十八章　兩石的結局　198

作者序

結合「美食」與「武俠」的冒險之旅

文／鄭宗弦

我曾在粉絲團上宣告想寫一套少年小說，讓辛苦做菜的媽媽好好休息，改由孝順的孩子做菜給媽媽吃。恰好親子天下的編輯來信邀請合作，我便闡述了這一小說系列的創作理念，並提出創作計畫。兩方一拍即合，隨即著手創作這一套少年武俠小說。

少年武俠小說？

是的，您沒有看錯，這是集合老、中、青、少廚師們，所共同演出的少年武俠小說。

煎、煮、炒、炸、蒸、燴、溜、燙、烤、焗、爆、煲、氽、熬、煨、燒、燜、燉……廚師做菜的十八般廚藝，刀技火候，水裡來火裡去的，都讓人產生武功的聯想。因此我讓書中的廚師具備頂尖武功，主人翁志達的母親是鼎鼎有名的總鋪師，在家學薰陶之下，志達也擁有武藝與廚藝的龐大潛力。

我生長在糕餅之家，從小跟著家人製作麵包、蛋糕、紅龜粿等點心，了解從事飲食工作者的辛苦，而廚師又比起點心師父更加艱辛，刀子、爐火都容易使人受傷，油煙更會害他們生病，他們在為大眾創作出美味、帶來幸福的同時，往往犧牲了健康與安全。

廚師們創作出經典名菜，不僅滿足人們的口腹之欲，也提供美談讓人樂道回味，人們總說中華料理博大精深，卻忘了這是歷代廚師們勞苦的累積。然而古代廚師的社會地位低下，知識分子雖然用文字記錄了美食，卻很少為廚師作傳記。我寫這一系列的目的，便是想藉由有趣的故事，來表揚廚師們的貢獻。

這是一趟飲食文化的探索之旅

中華料理因幅員廣大，大略分為閩、浙、粵、魯、蘇、湘、徽、川，八大菜系。我讓主角穿越時空，帶領讀者一探名菜發明的起源。

許多名菜的典故成為膾炙人口的故事，稍加改編便能引人入勝。但有些名菜或許是一地風俗，社會集體的創作，或是佚失了發明人與相關情節，而沒有專屬於它的故事，我希望能藉由這個系列來彌補這個缺憾。

這也是一趟探索武功的冒險之旅

中醫主張「藥食同源」，又說「五味入五臟」，因此調和平日的飲食就是養生的良藥。中醫認為精、氣、神、血為人體能量之源，氣為血之帥，血為氣之母，穴道與經絡是能量匯聚之處，正確的呼吸與運動能使能量在身體運作順暢，甚至衍生出更強的能量。進一步衍生出功夫、運氣、掌風，乃至隔山打牛、隔空抓物等有如特異功能的武功說法，讓人產生許多浪漫的想像。

這又是一趟感受俠義的體驗之旅

我看到許多喜歡閱讀的孩子，想要閱讀有關充滿想像力的大部頭書籍，選擇了市面上的武俠小說。然而武俠小說是為成人而書寫的，又有「成人的童話」之說，其中刀光劍影，江湖恩怨的情節太深沉，並不適合少年兒童閱讀。

韓非子說：「俠以武犯禁。」古代的俠客救急扶危，愛打抱不平，有時放蕩不羈，違法犯紀，這樣的俠客並不是孩子學習的典範。我想創作一套專門為孩子而寫的武俠小說，將「武」的部分控制在暴力範圍之內，而「俠」的部分，撇除任性的違法，而導向濟弱扶傾，輕財重義，伸張正義的利他行為。

這還是一趟族群文化的融合之旅

八大菜系之外，我還想在故事中加入京菜和臺菜。

北京城是中國歷史上最後一個王朝的政治中心，來自各地各省的達官貴人匯聚在此，必然會衍生出豐富的飲食文化。而臺灣經歷過荷蘭、明鄭、清朝、日本等政權的統治，飲食文化都有各國的遺留。加上西元一九四九年國民政府遷移到臺灣，帶來各省一百多萬軍民，也把各地的飲食文化帶過來。這些人當中不乏資本家、大地主、高官和滿清遺老，這段歷史也讓中國各地精緻高級的宴客大菜都在臺匯聚，使臺灣成為中華飲食文化的大熔爐。

這一套結合「美食」與「武俠」，由功夫高深的廚師們一同演出的「美食派少年武俠小說」已經上場，請跟著主角們一起縱橫古今，吃喝玩樂，伸張正義吧！

登場人物介紹

林志達

少年廚俠之一。在得到千年老麵的力量後，穿越回到古代，學會了四道神菜，分別代表「包容」、「正義」、「澈悟」、「振作」的美德。

文思和尚

五官清秀的中年和尚，不僅擁有深厚的武功底子，還精通廚藝，隨身攜帶一個裝了廚具的包袱。

方羽萱

少年廚俠之一。和志達經歷數次冒險，每次遇到危急時刻，都能發揮聰明機智的頭腦和應變能力。

李繼程

少年廚俠之一。外公魏鼎辛所經營的「瀟湘煙雨湘菜館」赫赫有名，承襲官灶派的武功。

黑衣人

在志達和羽萱前往香港尋找族譜時，下手偷襲兩人，動機和身分成謎。

第一章 大鬧千叟宴

華北冬日難得放晴，放眼望去，燦爛的陽光灑滿白玉階，朱紅宮牆如翻不盡的美麗畫頁，琉璃屋瓦閃耀金光，片片相連到天邊，滿眼盡是富貴逼人的磅礴氣勢。

如此莊嚴氣派的景致下，卻醞釀著一股緊張的氣氛。

「咄！咄！咄……」數十把菜刀急促落在砧板上，切出好幾十個籮筐的大白菜。「嚓嚓！嚓嚓……」三十多個大炒鍋噴出燙人的油煙，大鐵鏟在裡頭頻頻翻攪菜餚。二十多個大油鍋裡浮著無數的肉丸子，五十多組蒸籠裡不斷噴出雲霧般的水煙。

御膳房內聚集了百餘個太監廚子，各個七手八腳的忙著做菜，滿屋子混雜了千香百味，讓人垂涎三尺。

「你們小子別打混，手腳俐落點，把皮都給我繃緊了。」總管太監進來催促。「這天大的日子，半刻都不能延遲的。」他又跑到旁屋裡，不厭其煩的囑咐布置場地的小太監們。「這『千叟宴』已經是第二回辦了，只能比上次辦得更好。而且這一回又是太上皇退位，新皇繼位，千載難逢的雙皇慶宴，你們可萬萬不能出差錯，要不然大夥兒都得掉腦袋。」

「啊！」一聽見掉腦袋，眾人額頭一昂吞口唾沫，戰戰兢兢的繼續忙碌。

不久之後，寧壽宮的皇極殿廣場上，一百二十張大桌子已經都坐滿了人，放眼望去一片黑壓壓，都是六十歲以上的老人。周圍迴廊上，絲竹管弦正合奏著旋律優雅的曲子，老人們樂呵呵的一邊烤著火，吃著瓜子、花生、杏仁、核桃等乾果兒，一邊閒聊等候開席。

「太榮幸了，能受到皇帝和太上皇的邀請擔任嘉賓，真是祖上積德啊！」

「是啊，是啊，聽說今天的菜餚是滿菜加漢菜組合而成的『滿漢全席』，共一百零八道菜呢！」

「我聽說菜單裡有山、海、禽、草各種稀有的珍味，不是有錢就吃得到的啊！」

「皇上駕到！」殿內忽然響起太監的傳令聲。

眾人急忙肅靜，起立整理衣冠，一同向殿內下跪。

「萬歲！萬歲！萬萬歲……」

嘉慶皇帝現身在殿內，命令大家平身，然後坐在大位上。

眾人坐回原位，不敢吃食也不敢聊天，拘謹起來。

「太上皇駕到！」殿內又傳來呼報，大家再次起立行禮如儀。

嘉慶皇帝屈身上前，攙扶乾隆太上皇坐到主位上。太上皇慈祥的看看大家，欣喜的揮揮手。

「大清帝國千叟宴，開宴——」總管太監大聲宣布。

「匡！」大鑼一敲，威聲震天。眾人又回到席上，一時管弦大作，吹奏起歡快的曲子。

太監們從御膳房裡走出來，排成一條長龍，他們手裡捧著各種盛滿菜餚的精美餐具，一一上桌。每上一道菜，就報上菜名，分別有：燕窩雞絲湯、海帶豬肚絲羹、蒸駝峰、鮑魚匯珍珠菜、魚肚煨火腿、蒸鹿尾……教人驚豔不已，口水直流。

「太上皇有令，叫臣民們不要拘束，盡情飲宴！」太監又傳來指令。

眾人鬆口氣，彼此讓菜一番後便開懷吃喝。那些菜餚烹煮得軟嫩甘甜，入口即化，搭配上好的老酒，各個吃得津津有味，讚嘆不已。

不多久，殿內傳來太監通報：「太上皇為九十歲以上的耆老斟酒，並賞賜一百零六歲的人瑞，六品頂戴……」

「真是無上尊榮啊！」眾人忙停下碗筷，站起來鼓掌歡呼，氣氛歡快到最高點。就在這酒酣耳熱之際……

「吼！」

「砰！匡啷——」

忽然間，廣場的半空中冒出四團黑影，落在宴席桌上，壓垮了好幾張桌子。

「啊！」眾人慌張的起身後退，這才看到憑空冒出了一對少男少女、一個壯漢和一隻張牙舞爪的大老虎。

「啊！」「老虎？有妖怪？」

參加宴席的賓客頓時驚慌高呼，紛紛四下逃開，搞得桌翻椅倒，菜餚飛濺，碗盤碎滿地，許多老人因擁擠而摔倒在地上，痛苦哀號。

化身壯漢的殘獅原本勒著羽萱的脖子，這時從宴席桌摔到地上，跟羽萱分開，並且恢復原形，變回大獅子。志達趁殘獅分心的瞬間把羽萱拉近自己身邊，並大喊：「有妖魔！快來抓妖魔！」

「保護皇上和太上皇的安全。」隨侍的總管太監慌忙的大聲呼喊，立刻有一群攜帶兵器的侍衛，衝上前來護駕。

「快跑！」志達對羽萱說。

「不行。」羽萱摸著右腳踝，難過的說，「我剛剛摔那一跤，好像扭傷了。」

「搭著我的肩膀。」志達急忙收起軒轅石和鐵湯匙，抱著羽萱跳上宮殿的屋頂。

「吼——」侍衛們看到兩隻猛獸咆哮，雖然心中畏懼，仍鼓起勇氣上前攻擊。

沒多久，暴虎和殘獅便成了兩個圓心，被侍衛團團包圍。侍衛向暴虎擲出手中的矛，暴虎轉身躲過，還飛跳起來，一口咬上那個擲矛的侍衛。「啊！」那個侍衛慘叫一聲，頓時喪失了意識。

其他侍衛心生顧忌，互相使眼色，一同上前攻擊。暴虎也不是省油的燈，把那口中的侍衛當作武器，原地轉圈，將眾侍衛橫掃倒地。

殘獅這邊更加凶狠，一連咬傷三個侍衛，卻也引發侍衛長的警戒，號令更多部下過來將他團團包圍。侍衛長又下令：「快叫弓箭隊過來！」

暴虎先行擺脫侍衛，跳上屋頂要去抓志達和羽萱。志達抱著羽萱想逃到宮殿後面，卻不小心跑進一個封閉的小院落。

暴虎追進去跟志達對打，羽萱無法走動只能躲在一旁觀看。

「吼——」暴虎張著一口尖牙準備朝志達頭部咬去。志達施展輕功，跳到牆上。

「嘩啦！」不料那道牆早已腐朽，被志達一踩便垮掉了。志達重心不穩，意外從牆上摔下來，暴虎的大嘴順勢咬住志達的鞋子。志達想抽腿卻沒有辦法，試圖彎身反擊，但已經來不及了。

「危險！」羽萱驚慌尖叫。

眼看暴虎就要要咬碎志達的腳掌，忽然一個黑影竄過來，咬住暴虎的後背。

「吼——」暴虎痛得大吼一聲，志達趁他張嘴之際急忙脫身。

「太可惡了，你為了搶功竟然攻擊我？」暴虎憤怒的斥責咬他的殘獅。

「誰叫你剛才在高樓上面先撞開我，壞了我的好事。」殘獅得理不饒人。

「看我不咬死你。」暴虎憤恨的跟殘獅糾纏在一起。

志達想趁機抱起羽萱逃走，卻感覺剛才被暴虎咬住鞋子的地方，腳底板隱隱傳來疼痛，心想雖然沒有被咬出傷口，但暴虎的咬力強勁，必然損傷到筋脈了。他站起來跨出一步，卻痛到無法著地。他急忙坐下來運功，將內力送往足底，試著打通血路。

暴虎和殘獅你來我往，嘴巴爪子齊上場，一會兒互相扭打，一會兒分開喘息，雙方都有多處傷口。最後暴虎不敵殘獅，慌張的逃出院落。

暴虎逃跑後，殘獅又轉身對付志達和羽萱，志達顧不得腳傷只修復了一半，就抱起羽萱在屋頂跳躍奔跑，速度比之前慢了許多。追逐了一陣子，志達又感到隱隱作痛，眼看難以再逃跑，他只好在屋簷上放下羽萱，正面迎擊殘獅。

另一頭，暴虎跳出院門，但皇宮裡的弓箭手已經出動，慌亂間跟他們正面遭遇。

「咻咻咻——」數十支飛箭劃破天際，緊接著淒厲的慘叫應聲而起，教人聽了心驚膽寒。在屋頂上的羽萱遠遠看見暴虎被十多支弓箭射中，胸口的肉團浮起，並從中鑽出一條毒蛇，在地上急速爬行。

「打死那條蛇！打死牠！」弓箭手們紛紛叫喊。

「咻咻咻——」箭如雨下，卻都落在毒蛇身旁，被牠輕巧的逃過。

「主上救我……」倒在地上奄奄一息的暴虎吶喊。

剎那間，紅牛大火憑空冒出，在廣場上燒成一圈，弓箭隊突遭火襲嚇得後退摔倒。羽萱看見蒙面黑衣人在火中現身，他看暴虎已經斷了氣息，便一個飛步過去抓走毒蛇。同時間，高牆後傳來殘獅的吼叫聲，黑衣人聞聲抬頭，辨認出方位。

「打死那妖人！」侍衛長下令。

弓箭隊急忙將弓箭對準黑衣人發射，不料黑衣人用輕功轉往殘獅那兒，弓箭手們急忙提著大弓緊追上去。

院落裡，殘獅跳在屋頂上與志達對峙，志達使出全脈神功，殘獅被打退，轉而張口對準羽萱撲過去。志達一慌，連忙過去阻擋，不料殘獅一咬正好咬住了志達的衣角，志達掙脫不掉，回手反擊。黑衣人見了，想上前幫助殘獅。

「殺掉所有的刺客，一個都不留。」侍衛長催促部下。

「咻咻咻——」弓箭隊這時追過來，飛箭齊發。

一支箭正對志達而來，他卻被殘獅困住無法閃躲，眼看就要被射中，就在飛箭距離志達一尺處，他懷中的軒轅石竟然自動飛出去迎接箭簇。

「鏗——」箭簇擦過停留在空中的軒轅石，轉向無人處，空中頓時冒出一圈青熊大火圍繞著志達、殘獅和羽萱，一秒之後他們跟著大火一起消失。

黑衣人望著空蕩蕩的眼前，急忙翻身躍上屋頂，轉眼逃逸無蹤。

第二章 鐘乳石洞裡的善行

青熊之火讓志達他們降落在一個陌生的大坑洞旁。

「啊！」羽萱摔在坑洞外昏迷不醒，志達在她身旁，軒轅石掉落在不遠處。

志達起身要去撿軒轅石，卻聽見洞口傳來痛苦的呼救聲。

「救我……救我……」

他急忙過去察看，竟然是殘獅的兩條前肢攀掛在洞口，身體懸在洞內，而殘獅的下方是深不見底的深谷，原來殘獅在穿越時不慎滾進了洞口。志達不假思索的上前去救殘獅，不料當他抓住一隻前爪時，另一爪鬆脫了，殘獅直墜而下，竟連累志達一同摔落洞內。

那個坑洞十分深邃，一路蜿蜒曲折，最後十多公尺筆直通向底部。

「啊……啊……啊……」

「吼……吼……吼……」

聲聲驚恐的回音在坑洞內迴響，志達來不及施展輕功，只覺得自己不停磕磕碰碰的往下摔落。

不知過了多久，他摔落在殘獅身上後又彈起來落地，大腦受到震盪，短暫的失去意識。等他清醒張開眼睛，發現頭頂有微弱的陽光射進來，洞內頂部可見鐘乳石，底部四周有石筍，洞壁陡峭垂直。

「看起來這是一個鐘乳石洞。」志達自言自語。他抬頭望著頭頂的微光，不禁眉頭一皺，憂慮的說：「這個洞這麼深，沒有軒轅石要怎麼出去？」

「主上，救我……主上救我……」

志達朝著聲音的方向看去，見殘獅躺在一塊大石筍旁邊動彈不得，看起來這一摔造成的後果非常嚴重。

「救我……救我……」殘獅看見志達，轉而哀求的對他說。

「殘獅，你改邪歸正吧，不要再跟著主上害人了。」志達誠心的勸告說。

「唉！我們噬血魔誰不想擺脫主上？但沒有用，主上控制著我胸口的毒蟾蜍，也控制著暴虎胸口的毒蛇，我們不得已才聽從他的命令，否則就會死在五毒魔物的毒害下。」殘獅用哀憐的眼神看著志達。

「看來你也是逼不得已。」志達同情的搖搖頭。他念在剛才殘獅咬了虎魔救了自己，運用內力為殘獅療傷。

內力竄入殘獅體內，發現是筋肉壓迫神經而無法行動，志達連忙加把勁，不久便治好了殘獅，接著再用內力治好自己的腳傷。

「怪了？主上手中的蚩尤石可以讓他感應我的所在地，或者透過我胸口上毒蟾蜍的氣味也能找到我。通常他只要一聽到呼救就會現身，可是我剛才呼求了好久，卻遲遲不見他出現……」殘獅站起身，虛弱的望著洞口，難過的說著。

「嗯，我想是這個鐘乳石洞太深了，洞裡的訊息無法傳遞出去的關係吧！」

志達分析的說，「更別說要追蹤你身上毒蟾蜍的氣味了。」

殘獅來到陡峭的洞壁旁往上跳，想要攀爬上去，可惜試了幾次都徒勞無功。

「看我的。」志達過去運起全脈神功第四式，然後激發出吸拉的內力，手足協調的往上攀爬，沒兩三下便成功的爬上去了。

「看來我要死在這裡了。」殘獅望著志達漸漸消失的背影，絕望的哀嘆。

過了好一會兒，空中傳來志達的呼聲：「嗨，我回來了。」

殘獅抬頭一看，竟然是志達背著昏迷的羽萱，運用輕功緩緩往下降落。

「你不逃出去，回來做什麼？」殘獅疑惑的問。

「當然是帶著你一起離開。」志達來到殘獅身邊。

「你……」殘獅看著志達感動得說不出話。

「準備了。」他靠近殘獅，對他使個眼色，然後拿出撿回的軒轅石跟鐵湯匙敲擊，「雷金流火，天地玄黃，元祖叱吒，萬古流芳，天清清，地靈靈，回到一開始出發的大樓……」

青色大火熊熊燃燒，青熊騰空一吼，他們瞬間回到現代那棟二十七層大樓的樓頂。

殘獅沒有言語，看看四周，輕吼一聲，往下飛跳到隔壁大樓，然後落進黑巷中離去。

志達為羽萱運功，治好了她扭傷的腳。

「這是哪裡？」羽萱這時醒轉過來，好奇的問。

「我們安全的回到現代了。」志達笑著，沒有說出剛才發生的細節。

他們下樓後，找到倒在路旁的腳踏車。經過這番折騰，志達的內力幾乎耗盡了，他騎上車，載著羽萱慢慢的往方家騎去。

回到方家後，兩人好好梳洗了一番，洗去一身的髒汙和疲累，各自上床睡覺。隔天起床，志達覺得全身痠疼，內力疲乏，因此決定好好的養精蓄銳。除了補充蛋白質，還會利用上課時間偷偷在座位上調養氣息。他調整呼吸，將氣息灌入丹田，再慢慢轉化為內力。如此重複運作，一次又一次，兩天之後，便讓全身氣血充足，重新充滿了內力。

在他們準備出發前往香港的前夕，羽萱陪著志達去安養院探望陳淑美。

「媽，我們這回要去調查曹家的族譜，可是我始終想不通，為什麼王小余當年不消滅邪惡的蚩尤石，而是將它封印在錦囊中，讓它流傳到現代害人呢？」志達不解的說。

「傳說軒轅石和蚩尤石都是女媧補天用剩下來的靈石，怎麼可以說消滅就消滅？何況蚩尤石能帶來寫作的靈感，只要不打開封印，它就能旺文才旺事業，這在古代科舉制度下，是讀書做官的人求之不得的庇佑啊。」陳淑美回答後，又笑著說：「希望你們這次去香港，能從曹家族譜中找出些蛛絲馬跡，揪出主上的真實身分。」

「嗯。」志達慎重的點頭。

「你們還想知道什麼？只怕我有什麼沒有轉述清楚的。」陳淑美問。

羽萱想了一下，說出心中最大的疑問。

「陳幫主，你知不知道李繼程的阿姨瘋瘋癲癲的？還會跑去地下室……」

「媽，你多休息，我們要趕快回去整理行李了。」志達拉羽萱的衣角，不讓她再講下去。

「好，你們趕快回去準備。」陳淑美催促著說。

「陳幫主晚安。」羽萱強忍著疑惑，跟志達一同離開。

他們剛走出病房門，羽萱就不高興的問：「為什麼不讓我問仔細？」

「你再問下去就會露出馬腳了，我可不想讓我媽知道我們潛入別人家，」志達解釋，「我不想讓我媽擔心。」

「我懂了。」羽萱抿起嘴唇，轉轉眼珠，「好，回去整理行李吧！」

志達點頭微笑，熱切的期待著隔天的旅行。

第三章 踏查神功發源地

隔天一早七點多，志達、羽萱、方子龍和方太太，一同搭機抵達香港。

方子龍拄著枴杖，但不至於影響行動，他們下了飛機之後，僱了計程車趕赴飯店放行李。一路上志達只覺得香港的高樓大廈比臺北還要高聳，給人一種壓迫感，雖然馬路擁擠，人潮不斷，但是一切欣欣向榮，井然有序。

稍作休息後，四人在九點前抵達「中華美食展」所在的香港會議展覽中心。

這是一棟豪華又現代的龐然建築，就位在美麗的維多利亞港邊。展場的大門口有一個很大的看板，上頭是「魯山東麵食坊」的巨大廣告，畫面上除了包子、饅頭等主力產品之外，還有方子龍雙手抱胸自信微笑的影像。

「快來拍照！」羽萱拉著志達在那看板前自拍合影。

「這可是我們贏得『企業盃廚藝大賽』冠軍的獎品之一。」方子龍也得意的笑著說。

走進會場，裡面是滿滿的攤位，來自海內外的餐廳、食品公司和特色點心鋪全都在此，包含閩、浙、粵、魯、蘇、湘、徽、川、京、臺等中華料理各大菜系，應有盡有。這會兒，參展商們正忙著布置場地、擺設展品、整理廣告單，牆上到處可見打折促銷的海報。

來到「魯山東麵食坊」的攤位，這裡果然比別的攤子大上三倍，方子龍聘請了五位香港當地的服務人員，這時也都在忙碌著。方太太連忙叫羽萱和志達幫忙搬椅子、吊掛海報、掃地等雜事。

方子龍轉頭到舞臺區旁跟歸凌高長老打招呼。歸長老正忙著開幕典禮的事情，兩人簡單寒暄兩句，就各自忙碌去了。

九點整開幕典禮正式開始，會場湧進洶湧的人潮，主辦單位用一段道教儀式取代傳統的典禮，只見十幾位道士在臺上擺開陣勢，搖鈴唸咒。志達和羽萱感覺十分新奇有趣，卻又不知這儀式跟美食有什麼關係，為什麼用它作為展覽的開場呢？

這時歸凌高終於得空，看他們驚喜又困惑的表情，走過來解答了他們的疑惑。「我的師父巴保舟師承清代名廚王小余，在學廚藝前得先學畫符道術。例如：化骨符，當被魚刺哽喉時可以派上用場；止瀉符，則是在吃下不潔食物時使用。」

「哇，太神奇了。」志達和羽萱大開眼界，大呼不可思議。

「唉呀！歸凌高長老，好久不見了。」魏鼎辛向他們走來，熱情的握住歸凌高的雙手。「方董事長，志達和羽萱，你們也來了，他鄉遇故知，太好了。」

「魏長老，瀟湘煙雨湘菜館也來參展啊。你們的攤位在哪裡？」方羽萱問魏鼎辛。

「就在前面那裡，有空過來坐坐。湘菜館每年都參加美食展，去年在日本，前年在北京，今年我特別砸下重金，攤位比往年大兩倍。」魏鼎辛高興的說。

「繼程怎麼沒來？」羽萱試探性的問。

「參展是大人的事。他要上學、補習、練功，一天都不能荒廢的。」魏鼎辛笑著說。

魏鼎辛表現得非常親切，沒有任何異樣，羽萱把志達拉到一旁，耳語說：「魏長老人那麼親切，卻被主上控制著，好可憐。」

「我也覺得他很和藹可親，不過別太武斷了……」志達說。

「各位來賓，大會報告。」主持人宣布，「舞臺前有粵菜名廚為大家製作的料理點心，免費提供給現場來賓們品嘗。」

「好耶！我們去吃。」羽萱興奮的拉志達過去吃東西。

長條桌上擺了好多粵式點心，前面的牌子一一寫上菜名。羽萱試吃後開心的說：「哇，這道廣州拉腸粉吃起來好滑嫩，荔灣艇仔粥也有好濃的米香味喔，志達你吃看看。」

志達吃了也覺得很美味，接著又吃了其他幾道，然後滿臉驚豔的說：「荷香糯米雞吃起來滑順香綿，蠔皇叉燒包裡頭有叉燒肉的炭香，還蘊含了蠔油的鮮甜，真是特別。」

方子龍、方太太和歸凌高一同走過來。

「來嘗嘗這泮塘馬蹄糕，爽口清甜，還有乾黃燒賣仔，肉餡很有咬勁。」方子龍和方太太也頻頻點頭稱讚。

「請問歸長老，曹星辰先生也會來會場嗎？」志達一心想查閱曹家族譜。

「不，他上午有重要的會議，我已經事先聯繫他，約了你們三人下午三點到大嶼山昂坪車站相見。曹先生會到那兒接你們去宗祠，很抱歉，我必須忙會場的事情，就沒辦法陪你們去了。」歸凌高帶著歉意說。

「我和你媽也不去了，今年的攤位規模很大，怕會忙不過來。」方子龍對羽萱說。

「沒問題，我帶志達去，我去過昂坪參觀大佛，知道怎麼搭車。」羽萱自告奮勇的說。

「歸長老，你曾說我可以來香港朝聖，不知道發明全脈神功的衛好農前幫主有什麼事蹟？我想趁機去遊歷參觀。」志達誠懇的說。

「衛好農三十多年前曾在香港寶蓮寺閉關，聽說他在某年夏至時，到附近的眉心穴吸取了極陽之氣而創出『全脈神功』。」

「眉心穴是什麼？」志達好奇的問。

「聽說是天地間陰陽互換的特殊場地，凡是有龍脈的地方都有一個。」

「哦？那眉心穴確切的位置在哪裡？」羽萱問。

「恐怕除了衛好農，沒有人知道。不過寶蓮寺是一個有名的名勝景點，你不妨去那裡看看，說不定會有意外的收穫。」歸凌高說。

「我去過寶蓮寺，就在昂坪車站旁邊。志達，我們提早去那兒參觀，那裡有大佛，還有纜車呢！」羽萱提議說。

「那就麻煩你當我的導遊了。」志達打趣的說。

典禮結束之後，羽萱便帶志達去搭地鐵。

他們到東涌站之後轉公車，志達疑惑的問：「不是有纜車嗎？」

「時間還早，我們搭公車上去，回來再搭纜車，可以省錢。」羽萱解釋說。

公車漸漸從繁華的市區轉入又彎又窄的山路，一路蜿蜒盤旋而上，遠遠的就看到一尊大佛矗立在山頭。

「寶蓮寺就在大佛底下，我媽帶我來過這兒吃有名的豆腐花。」羽萱指給志達看。

「什麼是豆腐花？」志達問。

「就是我們臺灣的豆花啦！」羽萱笑著說，「我們等會兒也去吃。」

「好。」志達說，心裡滿懷期待。

公車終於抵達終點站，兩人下車，映入眼簾的是一處山上平臺，左邊有市集，右邊是山，山頂便是巍峨高聳的青銅大佛。羽萱領著志達往右邊走。

志達往前看去，是一大片的寺廟建築群，而正對大佛的山腳下，有一座石造的圓形平臺，小中大三層相疊，圓周上有石欄杆圍著。他指著那平臺問：「那裡是什麼設施？是大家參拜大佛的地方嗎？」

「你說對了，那裡叫做天壇，」羽萱說，「是祭天的地方，據說站在中央處說話會有回音。」

「啊！好特別的地方。」志達欣喜的猜想：「那會不會是歸凌高長老所說的眉心穴呢？」

「我不知道，也許是喔，」羽萱也雀躍起來，「我們快去看看。」

他們急速奔跑，來到天壇中央。

「方羽萱……萱……萱……」志達圈起手掌放在嘴巴前面，用丹田之力喊出羽萱的名字，果然聽見明顯的回音。

「林志達……達……達……」羽萱不甘示弱，擠開志達，也喊叫一聲。

「哈……哈……哈……」兩人忘情大笑，製造出更多回音。

兩人離開天壇，進入佛寺內，先在彌陀殿和大雄寶殿內參拜停留，又到各個院落和建築間走走看看。志達想到這兒是全脈神功的發源地，心中又興起一層敬意。

「逛了那麼久有點餓了，休息一下，去吃素齋點心吧！」羽萱提議。

「好！」

兩人來到一旁的「緻寶齋」，點了雙份的豆腐花、紫米糕和蘿蔔糕。

「嗯，豆腐花細緻綿密，滿嘴都是黃豆香。」志達邊吃邊品評，「紫米糕有紫米特殊的香味，而蘿蔔糕則有清爽軟嫩的白蘿蔔甘甜。」

「我就知道你會喜歡。」羽萱開心微笑。

吃完之後，羽萱熟門熟路的拉著志達往大佛方向走去，志達看見一長排的階梯直通雲霄。兩人買了門票，開始往上爬，由於都是練家子，腳步比起一般遊客們輕快許多，很快就來到大佛的蓮花座。那大佛法相莊嚴，慈眉善目，讓人不禁對祂合掌鞠躬。大佛周圍還有幾個天女造型的銅像，恭敬虔誠的向祂蹲跪進獻寶物，姿態優雅，增添了活潑氣息。

這兒視野遼闊，志達在蓮花底座下繞了一圈後，進到大佛底下的屋內參觀，留羽萱在門口處看紀念品，忽然間，志達懷裡傳出劇烈的震動。

「啊！是軒轅石……」志達驚異的說。

第四章 尋找曹氏族譜

志達好奇的握著軒轅石，腦中竟然出現一幅奇特的畫面，原本的山頂平臺變成一片原始的山坡地，地上長滿了雜草，身旁零星生著幾棵大樹。

「喝！」有個中年人正在樹下練功。

啊！這不正是全脈神功第一式嗎？志達驚訝的想著。

那個人運用內力，手腳協調的打出拳腳功夫，全身卻散發出一股暖氣，彷彿春風吹過百花園。志達看著，感覺舌尖傳來甜味，不覺一愣。

「啊！甘甜的滋味，像是舔了蜂蜜冰淇淋……又像喝了清香的烏龍茶，喉頭出現了回甘的韻味……」

中年人繼續打出第二式神功，那內力釋放出來，如夏天的驟雨潑灑在鐵皮屋頂般震撼人心。志達的舌頭又有感應，像是吃了檸檬的酸，果醋的嗆，像有一支無形的尖鉤子在心上撩撥。

「啊！還記得在入幫大會時，二十五位新弟子打出君子掌和果拳時，集合眾人內力讓觀眾們聞到了花香和果香，而現在這個人只憑一人之力卻讓我聞到、嘗到美食的味道。這麼上乘功夫的表現，表示他的內力達到很高的境界啊。」志達驚訝的想著。

接著那個人打出全脈神功第三式，他的內力，輻射出海濤沖岸、石破天驚的衝擊力。志達受了震盪漲紅了臉，忍不住張開嘴想找水喝，因為不只舌頭，而是整個口腔都充滿了針刺蟻咬般的刺痛感，像是吃了魔鬼辣椒。

他注意到那個人眉心發出紅光，為什麼會這樣呢？

那個人繼續打出第四式。那飽滿的內力宛如咚咚戰鼓，透露出摩拳擦掌，躍躍欲試的戰鬥力。

志達覺得嘴裡好似嚼著上等的臘肉，臘肉的鹹香與核桃木的香氣融合在一起，頓時心中冒出貪念，想當個首領向前衝去攻城掠地……

他是衛好農……

「誰？誰在跟我說話？」志達驚訝的問。

他曾經穿越到清朝同治年間，遭遇鄧捷的五毒陰功，察覺這武功會危害人間，因此研究它的原理，逆推思考，創造出足以克制的全脈神功……

志達看那中年人自顧自的在練功，並沒有開口，他馬上了解，是手中的軒轅石在傳遞訊息。

他擔心五毒陰功再現江湖，將來無人能敵，因此製作祕笈傳給灶幫幫主。

「可是祕笈中又不直接寫出內力心法，而是要人家去向五大神菜的發明人學習，這又是為什麼？」志達心中發出疑問。

他希望歷任幫主用神功維護武林秩序，但又擔心被不肖分子學走，因此設下限制，搭配軒轅石穿越的神力，讓後人從中體會學習。

「原來是這樣，真的是用心良苦啊！」志達讚嘆的說，接著又問：「這裡就是他發明全脈神功的地點嗎？」

此地乃陰陽交替之所，夏至陽氣達到顛峰，此後消滅，陰氣開始滋長，到冬至時陰氣最盛……

志達忽然想起一個重要的問題：「主上到底是誰？」

一片靜默。志達又問了一遍，軒轅石依然沒有回音。

「兩顆石頭，哪一顆比較強？」

「蚩尤石在誰的手上？」

「擁有蚩尤石的曹家子孫是誰？」

志達又問了其他幾個問題，軒轅石都不再回答，眼看那衛好農就要打完第四式了，志達一心想窺看全脈神功第五式，於是睜大眼睛，殷切的注視企盼。

「林志達！快一點，約好的三點快來不及了。你在發什麼呆？」

「啊！」志達恍然驚醒回到現實世界，看見羽萱在叫他。

他再次握住軒轅石，已經沒有感應了。

「唉！好可惜。」他在心中輕輕喟嘆，不過至少他知道這裡便是歸長老口中的眉心穴。

兩人急忙走下階梯，前往昂坪車站。

遠遠的就看見一部黑色轎車停在那兒，一個年輕司機站在車子外面，看見他們趕過來就問：「你們是林志達和方羽萱嗎？」

「是的。」兩人一同回答。

「曹先生在車子裡，請上車。」司機打開後座車門。

他們坐進車子裡，前座的曹星辰轉頭跟他們打招呼：「兩位廚俠，玩得還開心嗎？」

「曹先生好，我們玩得很開心。」羽萱笑著說。

「今天要麻煩你了。」志達很有禮貌的說。

「不麻煩，身為全球曹氏宗親會的理事長，這是我應該做的。」曹星辰親切的說，「雖然你們不姓曹，但是既然對曹氏族譜有興趣，我便樂意幫忙。」

「我們想查閱曹雪芹一門的後代。」羽萱說。

「我知道，歸凌高先生已經跟我提過了，沒有問題。」曹星辰回答。

車子啟動後在山路上繞著，不久停在一個廣場上。司機留在車上，曹星辰領他們走過長長的石板小徑，來到祠堂門前開了門鎖，領他們進屋內。

裡面的布置很像廟宇，雕梁畫棟之外，左右兩側各自擺設了四套太師椅和高腳茶几，看起來莊嚴肅穆，清幽雅靜，像是一座古宅的廳堂。神龕上設置了一個很大的木頭牌位，上面寫著「曹氏列祖列宗長生牌位」。

「空氣中有股霉味。」羽萱皺著眉頭，有點不舒服的說。

「是的，這兒靠近大海，溼氣很重。」曹星辰先開了窗戶，然後點燃一把線香，分給志達和羽萱。「宗祠平常都是鎖起來，只有在祭祖時才會打開。來，我帶著你們向主人打招呼。」

志達和羽萱恭敬的面對神龕，聆聽曹星辰祝禱。

「曹氏列祖列宗在上，子孫曹星辰在下，今天受到灶幫的歸凌高長老請託，協助林志達和方羽萱查閱族譜。」曹星辰又說，「恭請列祖列宗庇佑我曹家子孫，人丁興旺，瓜瓞綿綿，事業昌隆。」

他們跟著曹星辰鞠躬三拜。拜完之後，曹星辰拿過他們的香，一同插在香爐裡，然後蹲到神桌下，打開保險櫃拿出族譜。

那族譜厚厚一本，在深藍色的外皮上，有貼著一片小小的長方形白紙，上面素淨的寫了「曹氏族譜」四個字，十足舊時線裝書的模樣。

「族譜的形式有很多種，有些簡略，有些詳盡，而我們曹氏族譜是屬於非常詳盡的那種，不只記載姓曹的子孫，過繼、出贅、入贅的人，也都會記載在上面。又比如死亡的年歲也有差異，例如：七歲以前死亡會標記『早殤』，八到十五歲稱『早夭』，死於五十歲以下標注『年幾歲』。至於六十歲以上的，叫做『享壽幾歲』……」曹星辰抬起下巴娓娓道來。

「哇！真講究，好有學問。」羽萱驚嘆說。

「曹雪芹是清朝的大文豪，據說是曹操的子孫，不過我們這族譜只記載明朝開國至今的族人姓名，無法往上追尋，證實跟曹操的關係。」曹星辰說著，把族譜放在一個高腳茶几上，正準備打開來給他們看，忽然聽到戶外有人大喊。

「無禮小輩，竟敢帶外人騷擾祖先，簡直敗壞門風……」

「是誰在外面嚷嚷？」曹星辰十足驚愕，走到門外察看，志達和羽萱也好奇的跟在他後面去看。

剎那間，一個黑影從窗戶竄進屋內，搶走了茶几上的族譜。

「不好！」志達餘光瞄見，急忙從窗戶跳出去追人。羽萱回頭看見，也慌張的跟上去。

志達一邊追著，一邊從那人的背影認出那是變成人形的殘獅。志達施展輕功往前追，殘獅看苗頭不對，急忙把族譜放進嘴裡咬著，瞬間變成大獅子，四足加速往前奔馳，果然勝過志達的兩腳。

「絕不能讓族譜被搶走。」志達一邊心想，一邊內力貫進丹田，腳程再下兩成，終於在昂坪車站前約一公里處擋下殘獅。

志達使出全脈神功與殘獅打鬥，殘獅咬著族譜，無法張嘴攻擊，只能揮舞兩條前肢的利爪回擊。才過了三回合，殘獅就傷重倒地，志達順利的搶回族譜。

「志達！」這時羽萱也追上來。

志達回頭，卻察覺空氣中的詭異震動，感受到有東西朝他射來，反射性想躲開，沒想到殘獅撲上來環抱住他，瞬間聽到殘獅慘叫一聲便癱軟在他身上。

「怎麼回事？」志達掙脫起身，只見殘獅的背部中了一支針，性命垂危，憤怒的說：「又是毒針，可惡！」

殘獅倒在地上奄奄一息，胸口浮出肉團。志達急忙施起吸拉的內力，要幫他拔出毒針，沒想到殘獅卻說：「不要救我，上回任務失敗後，我被主上嚴厲責罰，非常痛苦，這一回我又失敗了，我不願再忍受這種被操控的折磨。你們快走，快！」

志達看見不遠處有個黑衣人追過來，只得快步跟羽萱往車站跑。

黑衣人來到殘獅身邊，見他胸口冒出一隻大蟾蜍，便上前要抓走蟾蜍。殘獅拚著最後一口氣，一口將蟾蜍咬死，並緊抱黑衣人的腳，拖住他的行動。

黑衣人異常憤怒，頻頻向殘獅揮掌，花了一番功夫才得以掙脫。

第五章 纜車上的黑衣人

天上飄下雨絲，志達抬頭看見陽光不見了，天空一片陰灰。

兩人跑到昂坪車站，一看公車還沒來，羽萱便帶著志達直衝纜車站。

「太好了，今天遊客不多，不用排隊。」羽萱急忙去買車票，很快就進了纜車車廂。

纜車高高升空，窗外烏雲滿天，腳下是山坡跟大海，兩人坐在纜車裡，總算鬆了一口氣。

「我們趕快來查族譜，等會兒下了纜車，再想辦法跟曹星辰先生聯絡，把族譜還給他。」羽萱急切的說。

「好。」志達雙膝併攏坐好，把族譜放在大腿上，然後輕輕打開。

「哇，這麼多人名，曹雪芹在哪裡？這該從何查起？」羽萱困擾的說。

「別急，慢慢查，總會找到的……」

「砰！」猛然一聲巨響，車廂劇烈晃動，兩人還搞不清楚怎麼回事，卻見車廂門被打開，黑衣人竄進來一把搶走族譜，然後爬到車廂頂上。

「他是從哪裡來的？」羽萱驚恐發問。

志達不甘心讓他就這麼搶走族譜，急忙也爬出去，上了車廂頂。

兩人在狹小的車廂頂對峙，志達打出全脈神功第三式，雙掌一出，黑衣人卻轉眼不見蹤影。同一時間，志達發現背後有動靜，回頭看，卻發現對方竟然在離他十公尺遠的地方，整個人漂浮在半空中。

天哪！這是什麼神奇的功夫，竟然能擺脫地心引力？志達驚恐又困惑。

「轟隆！轟隆！」一大片烏雲罩在頭頂，空中雷聲大作，電光四射，把對方的身影照得格外清晰。

啊！這下志達看清楚了，原來對方是以輕功站在高懸的纜車繩索上。於是他也用輕功跳上纜繩，追過去搶族譜。

「嘩啦！嘩啦！」狂風一吹，天空下起滂沱大雨，只見車廂搖晃，纜車繩索也左右飄搖，黑衣人急忙站穩，將族譜嚴密的塞進懷中，不讓雨淋溼。

志達站在纜繩上，努力保持平衡，然後頻頻向黑衣人打出神功，誰知對方的身影隨著風勢左右飄蕩，難以瞄準。為求準確，他欺近黑衣人的身前，近距離打出神功，然而黑衣人站在纜繩上仍如履平地，一會兒跳起來躲開攻擊，一會兒竄到志達的背後，有如神祕的鬼魅。有幾次志達差點失去平衡，還好最後都及時抓住纜繩，翻身再跳到繩索上行走。

雙方你來我往，不知不覺已經接近後方那輛纜車車廂，志達望著那車廂，這才發現纜車停止前進，車廂在狂風中晃來晃去。他心想，應該是因為風雨的關係，纜車的行控中心為了安全起見暫時停駛。眼看著難以取勝，若是繼續對戰下去，族譜必然會被搶走，這該如何是好？

志達看見那個車廂裡空無一人，門半開著，心想黑衣人便是搭這車廂上來的。他心生一計，奮力用輕功一躍，跳到車廂的側邊，同時施展吸拉的內力，讓雙手雙腳吸附在上面，頭下腳上的緊緊攀附著。

黑衣人看見了，想回頭跑向羽萱所在的車廂，志達即刻抬起頭，伸長雙臂也對他施展出吸拉的內力。

「唉呀！」黑衣人大叫一聲在空中翻飛，整個人被志達強大的力道吸過去。

志達用右手抓住黑衣人的右手臂，另一手朝他懷裡掏出族譜，終於將它搶了回來。

「呼呼！嘩嘩！」大雨不停的下著，狂風也不停的吹襲。黑衣人吊懸在半空中，顯得驚慌失措。

志達心想，既已搶回族譜，應該救黑衣人上來，否則他將摔落深深的海灣，就此葬身海底。

這時志達忽然感到手臂在搖擺，原來黑衣人竟把他的手當作鞦韆，兩、三下之後，黑衣人往上擺盪，同時向志達推出內力。志達急忙躲過，回頭看見車廂上留下一個黑掌印。

這內力產生的反作用力，瞬間將黑衣人回推到羽萱的車廂頂上。

「轟隆！轟隆！」天空雷電交加，志達看見黑衣人從懷中掏出一個小布袋，並抓出一條黑黑的東西，威脅的大喝說：「把族譜交給我，不然我就放毒蛇咬她。」

志達吃了一驚，然後堅定的說：「不給。」

兩人僵持了一會兒，黑衣人蹲下來，作勢要丟毒蛇進去。

「等一下！」志達無奈，只好輕功跳上繩索，跨步到他面前交出族譜。

黑衣人拿了族譜後，伸頭往下方看，隨即縱身一跳。

志達驚訝的低頭望去，發現正下方有一艘遊船正航行經過，一眨眼，黑衣人便輕功落在那遊船上。

志達原本想跳下去繼續追擊，但腳底的車廂卻傳出尖叫聲。

「啊！救命啊！」

「難道黑衣人趁跳下去的瞬間，仍然把毒蛇丟了進去？可惡！」志達一驚，急忙打消追趕的念頭，爬回到車廂內察看。

他發現羽萱右手抓著左臂，臉色發白，表情痛苦，警戒的看著前方那比手臂還粗壯，昂首吐信的眼鏡蛇。

「啊！你被咬了。」志達驚駭不已，但努力讓自己鎮定下來，急忙在羽萱的心口附近點穴，以免毒血流進心臟。

而那眼鏡蛇仍不斷的向前探頭，像要繼續發動攻擊。

「先不要慌。」志達一邊安撫羽萱，一邊調和內力，使出強勁的一掌，將毒蛇擊斃，並使出吸拉的內力，讓那條死蛇像被一雙無形的大手抓起來，漂浮在半空中，然後經過兩人的眼前，穿過車廂門。

志達倏地收功，那條死蛇便直直墜下海裡。

他按住羽萱的傷口，用內力隔空吸出毒血，羽萱痛叫一聲便昏了過去。

＊＊＊

在臺灣的瀟湘煙雨湘菜館樓上，李繼程趁著外公到香港出差不在，晚餐時間放縱的打著電動，還胡亂吃了零食，到了晚上十點多，肚子餓得受不了。但這時候樓下餐廳已經打烊，廚師們和服務人員收拾得差不多，正圍在靠廚房最近的圓桌享用宵夜。

繼程帶著手機跑到一樓，用懇求的語氣問：「我可以跟大家一起吃嗎？我肚子好餓。」

「你可是小老闆，我們吃的都是些沒賣出去的剩菜，我來做幾道菜給你吃。」洪規果貼心的說，「我知道你愛吃左宗棠雞。」

「不用了，我跟大家吃一樣的就好，廚具都已經清洗乾淨了，就不要再麻煩了。」繼程笑著說，「這裡有現成的乾鍋花菜、剁椒魚頭，也都是我愛吃的。」

「好吧！冰箱還有涼菜，我去端幾盤過來。」洪規果說完就去拿了。

繼程自己盛了一碗飯坐下來，跟大夥兒一起吃得津津有味。

「大伯，你在這兒工作還習慣嗎？」繼程關心身旁新來的洗碗工，也就是之前他和志達遇到的遊民。

「繼程少爺，我很好啊！很感謝你給我一個棲身之所。」那人感激的說。

「不要叫我少爺啦，我跟大家都一樣。」繼程爽朗的說，「你不用客氣，餐廳也很需要你的幫忙啊！」

大家東南西北的閒聊，開懷的吃著。

洪規果拿了兩盤涼菜過來，擺在繼程前面。「繼程啊！洪叔叔好意提醒你，你交朋友要多小心，林志達和方羽萱怪怪的。」

「有嗎？他們哪裡怪了？」繼程把目光轉到洪規果的臉上，困惑的望著他。

「你生日那天，林志達和方羽萱鬼鬼祟祟的，似乎打算偷跑到樓上去，可能想偷東西什麼的，你不要跟他們走太近，免得吃虧。」

「吃虧？不會啦！」繼程鄭重的說，「林志達是我的生死之交，羽萱也對我很好，你誤會他們了。」

「好吧，也許是我想多了。你慢慢吃，我忙了一天，要去樓上睡覺了。」洪規果說完就離開了。

繼程雖然反駁他，但不免回頭又想，生日前一天曾看見志達出現在樓下，但志達矢口否認。他和羽萱也曾經來家裡調查大火裡跑出怪獸的事，想從瘋癲的虹虹阿姨口中問出線索，如果洪規果說的是真的，難道他們現在還在懷疑阿姨？繼程接著又想，生日那天，他們確實說要去上廁所，卻又不去原本指引他們去的那一間，而跑去大樓的另一間，這又是為什麼？

想到這兒，他已被洪規果挑起了強烈的好奇心。

他食慾大減，看大家陸續回樓上休息，他草草收拾飯菜，將餐具拿到廚房清洗，接著預備搭電梯回到自己住的十六樓，不料電梯竟在十五樓停下來……

第六章 地下暗室的機密

「嘻嘻，火車要鑽到地下道了……」電梯開門後，虹虹阿姨竟然闖進來，看見繼程之後興奮無比，原地手舞足蹈。「啦啦啦！浴缸小鴨愛唱歌，洋娃娃不想洗澡……」

「阿姨，你不睡覺，怎麼跑出來了？」繼程嚇了一跳，急忙按著阿姨的肩膀，將她推出電梯，然後打開大門送她進客廳。

「不要推我，我要去找太陽公公……」魏虹一邊抗拒，一邊被推著往房間走。

「楊小姐！楊小姐！你在哪裡？怎麼讓阿姨跑出去了？」繼程對屋裡呼喊。

「啊！來了來了……」看護楊小姐穿著睡衣從浴室跑出來，看見繼程帶著魏虹便說，「哎，虹虹啊！我只是洗個澡，你就亂跑了，真不乖。繼程，你先幫我看著她，我吹乾頭髮就來。」

繼程只好把阿姨哄騙進房間，陪她不著邊際的說話。

一會兒後，楊小姐整理妥當走進房間。

「你辛苦了，最近常常加班，都不能好好休息。」繼程貼心的對她說。

「還好啦，老闆很久沒出差了，就只有去香港這兩個晚上。」

「咦，前幾天我外公不是也出差嗎？」

「哪一天？」

「就幾天前啊，我生日過後。」繼程數日子給她看。

「沒有啊！」楊小姐搖頭說，「那一天老闆沒有叫我來。」

「你確定嗎？」繼程疑惑的問，「那天外公說自己不在家，要我邀請志達來家裡過夜，一起切磋功課或武功。」

「沒有，那天我確定沒有。」楊小姐肯定的說。

「你沒有加班，那就表示外公沒有出差。」繼程轉而自言自語，思索起楊小姐的話與最近一連串怪事有無關連。「難道外公騙我？會嗎？為什麼呢？」

「虹虹，快上床睡覺，我講故事給你聽。」楊小姐哄著說。

「不要！」魏虹大聲抗拒，然後撿起地上的娃娃，往楊小姐身上丟。

「天哪！你今天中午一定是睡太飽了，現在精神好得不得了，唉！今天晚上又有得耗了。」楊小姐哀怨的嘆氣。

這時繼程口袋中的手機響起，他拿起來一看，是「少年廚俠」群組裡傳來訊息，他急忙點開。

羽萱：我剛剛在整理雲端的照片檔案，看見小時候的照片，跟你們分享。

那句話下面正是一張她和爸媽、爺爺、奶奶的全家福合照。

志達：你小時候好可愛，那是幾歲的照片？

羽萱：是小一的照片。繼程，你怎麼沒回話？在忙嗎？

繼程：沒啦！我剛吃完晚餐。

繼程走到客廳，在沙發上坐下來。

志達：晚餐？都快十一點了，是宵夜了吧！

繼程：香港好玩嗎？

志達：好玩。

繼程：唉！真羨慕你們，我只能在學校上課，好無聊。

羽萱：你們兩個也有全家福合照吧！我想看。

志達：我有，不過擺在我臺南外公家，現在沒辦法給你們看。

羽萱：繼程你呢？你小時候一定很可愛。

繼程：我們家有一張放大沖洗的全家福合照，是我滿周歲時拍的，不過放在我外公房間，他出差時房門都上鎖。啊！對了，我記得我媽曾經叫我拍下來傳給她看，我找一下。

不久繼程也貼出一張全家福。

羽萱：你小時候好嬌小可愛。

志達：你外公看起來很年輕。

羽萱：抱著你的是你媽嗎？看起來有點年紀了。

繼程：不是，那是我外婆，她在我小時候就過世了，好像是我四歲的時候。右邊那個女生才是我媽，另一個女生是我阿姨。我媽身邊那個男生是我爸。

志達：怎麼沒有你爺爺奶奶？

繼程：我爸十幾歲時父母雙亡，成了孤兒，是靠親戚輪流撫養長大的。

羽萱：難怪都沒聽你提過他們。好，沒事了，我要繼續整理照片。

志達：881

繼程：好，881

繼程關了手機，癱坐在沙發上臆想：剛才羽萱說要看我家的全家福照片，難道也是在試探什麼、調查什麼嗎？還有，阿姨應該是真的看過大火和怪獸，才會說出這樣的話吧？難道阿姨見過赤焰大仙？

「楊小姐，你幫我個忙。」繼程走到房間門口對看護說。

「什麼事？」楊小姐好奇的問。

「等我一下。」

繼程跑上十六樓，從自己的錢包中掏出一張千元大鈔後跑下來。

「我幫你看著虹虹阿姨，你幫我去麥當勞買一份套餐，找的錢全部都給你。」他把鈔票拿到楊小姐眼前。

「什麼？那可比買東西的錢還多啊？」

「這是慰勞你加班的辛苦啊，你去不去？不去的話我就自己去了。」

「我去。」楊小姐看了魏虹一眼，急忙抽走鈔票。「不過麥當勞離這兒很遠，我走路過去，來回可能要半個小時以上。」

「沒關係，你慢慢來，我剛剛在樓下吃過晚餐，這是要買來當宵夜的。趁我外公不在，我要熬夜打電動，你可別跟他說喔！」

「好啦！年輕人就是有本錢熬夜。」楊小姐說完便開開心心的走了。

繼程走到客廳大門前，把大門上鎖，接著急忙回到阿姨房間，假裝興奮的對她說：「虹虹阿姨，轟一聲，大火燒起來，一隻怪獸跑出來……」

他等著阿姨的反應，阿姨卻還在丟娃娃，這會兒是丟向牆壁。

「虹虹阿姨，轟一聲，大火燒起來，一隻怪獸跑出來……」繼程又說了一次，心想或許能套出什麼話來。

「啊！大火燒起來，一隻怪獸跑出來……嗚……怕怕……虹虹怕怕……」阿姨號啕大哭。

「好好好，乖，不哭。」繼程走過去安慰阿姨。

「玩遊戲就不哭。」阿姨馬上止住淚，煞有介事的盯著他的眼睛談條件。

「好啊，玩什麼遊戲？」繼程亂說，「火車過山洞好不好？」

「不好。」

「猜拳好不好？」

「不好。」

「那你要玩什麼？」

「我要玩……躲貓貓……」阿姨轉著眼珠子，開心的說，「你當鬼。」

「好啊，我是膽小鬼。」

「哈哈哈，你是膽小鬼。我要衝了，火車嘟嘟……」阿姨右手握拳舉高，雙腳原地踏步，接著快速往房門外衝出去。

「呵！」繼程不禁真心笑了，並且無奈的搖搖頭說，「怎麼說要玩躲貓貓，卻比劃起火車過山洞的動作呢？真是的！」

「十、九、八、七……」繼程認真的倒數計時，然後開始去找阿姨。「虹虹阿姨，膽小鬼來嘍！」

房間裡悄然無聲。

「虹虹阿姨，你在哪裡？」

繼程一連喚了幾聲都沒有回應，客廳沒有人，大門被他鎖上了，阿姨不可能出去，於是他便往同層樓其他地方尋找。經過外公的房間時，他轉動門把，果然是鎖上的，阿姨不可能躲在裡面。那麼就只有品酒房了，平常外公不希望他進去，這會兒外公不在，他可以堂而皇之，大搖大擺的走進去。

「虹虹阿姨，膽小鬼來抓你嘍！」

屋裡沒有開燈，漆黑一片，他猜阿姨就躲在吧檯後面。

「抓到你了！」他轉到吧檯旁，往前撲上去說。

沒想到他竟然撲空了。

「怎麼可能？這裡這麼小，阿姨沒地方躲啊。難道她躲回房間了？」

他狐疑的又跑回房間，把床底下和衣櫃都找遍，就是沒有阿姨的蹤影。

「不可能吧！這層樓沒其他地方了啊！」

他又回到客廳搜尋了一番。沒有。他來到品酒房，開了燈，卻赫然發現酒櫃縮減了一半面積，旁邊有一面奇怪的牆壁。

「這是什麼？」他好奇的走過去，兩眼直愣愣瞪著眼前的景象。「電梯？這裡怎麼會有一座電梯？」

他心中萌生一股不祥的預感。

他伸出顫抖的手，按下電梯鈕。

幾秒鐘過後，電梯門打開，他感覺胸口的心臟劇烈跳動，忐忑不安的走進去。

接著電梯門關上，直直往下降，他的心臟彷彿也往下掉。

電梯抵達地下三樓時自動開啟，他走出去，看見前方有個房間，門是開的，裡面漆黑一片。除了門旁的牆上有一幅畫之外，其餘空無一物。

他好奇的往房間走過去。

「虹虹阿姨……虹虹阿姨……你在裡面嗎？」

「吼……」當他走到門口時，忽然一個黑影撲上來，他嚇得跌在地上。

「怪獸跑出來了！轟轟轟，大火冒出來，哈哈哈……」原來是阿姨調皮的撲在他身上。阿姨一邊笑，一邊跑去按電梯。「虹虹在這裡，快來抓她……」

「這裡居然有個房間，我竟然都不知道……」繼程心中塞滿了好奇，無暇理會阿姨。他在門口附近的牆壁摸索了一會兒，終於找到開關，點亮了房間的日光燈。

但燈亮之後，他驚訝得目瞪口呆，環顧著四周的一切，久久無法言語。

「這些東西太可怕了，太可怕了……」他好不容易吐出一句話，卻也只能重複這句話。

那一面電視牆簡直媲美電影裡犯罪集團的監視設備。他坐到控制臺前，打開開關，十幾個螢幕瞬間亮起來。十五樓的客廳、阿姨的房間、品酒房、樓梯間、餐廳、他的房間、舅舅的房間、員工宿舍……全都呈現在螢幕上。

這時的阿姨，正在電梯裡面跳舞……

空氣中充滿了腥味和怪臭味，他不敢大口呼吸，只得半憋著，用嘴巴換氣。

「天哪！這……為什麼……」他不知道該用什麼形容心中的震撼與害怕。

他發現控制臺下有個抽屜，他好奇的拉開，裡面放了許多雜物，其中一個古舊的紙袋引起他的注意。

繼程把紙袋裡的東西拿出來，發現是一疊信紙，他拿出其中一張，慢慢的讀出內容。

讀著，讀著，他不禁流下了傷痛的眼淚……

第七章 第五道神菜

「問出來了，原來他的外婆已經過世了。」羽萱躺在香港飯店的床上。經過治療後，她的身體已無大礙，只是手上還包著紗布，整個人顯得有一點虛弱。

「不能排除看護楊小姐。」志達說。

「還有繼程的媽媽，甚至是其他女員工。」羽萱提醒，「你看過赤焰大仙的神像，有沒有覺得跟誰比較像？」

「靠神像來推測不準。雖然花幫主親眼看過赤焰大仙，但是雕刻神像的工匠卻沒有看過，工匠是靠他人的轉述來模擬大仙的長相，一定會失真。」

「好吧，至少我們曉得繼程家的女生長得什麼模樣，下次如果有機會親眼見到赤焰大仙就可以分辨出來。」

「不過，奇怪的是，我跟繼程回到明朝巧遇的赤焰大仙是女生，她在我們面前抓走了噬血魔；而今天下午，那位殺害了殘獅的黑衣人，雖然外面風大，黑衣人也蒙著臉，但我聽得出來他的聲音是男生。加上之前在古代和在安養院外交手的黑衣人，身材都很魁梧粗壯，不像是女生。」

「聽你這麼說，是推測有兩個主上嗎？一個是明代那個女生，一個是纜車上那個男生，這樣真的很奇怪。」羽萱皺著眉頭，「你有沒有頭緒？」

「雖然我有一些想法，可是在沒有確切的證據之前，我不想胡亂揣測，免得誤會人家。」

「我知道你說的是誰。」

「你又知道了？」

「哈，當然嘍。」

「別說這些了，你好好休息吧。」

「只怕我睡不著了。」羽萱擔心的問，「曹星辰先生有說什麼嗎？」

「曹星辰要我轉告你好好休息。他事發後就報警了，還說那個黑衣人如果真的跳到船上，一上了岸他們警察也難以調查了。我有跟他說，我會努力把曹氏族譜找回來的。」

「看來，這本族譜對主上也很重要，否則主上不會想盡辦法搶走它。」

「而且他還怕族譜掉進海裡，或被雨水淋溼，非常小心的藏在懷裡。」

「可見裡面一定有確切的證據。」羽萱斬釘截鐵的說。

「你快休息吧，別再說話了。」

「我現在好擔心。」羽萱看著手機上的時間說。

「擔心什麼？」

「我被毒蛇咬了，那似乎也是五毒魔物之一，我怕自己會跟安南一樣變成噬血魔。」羽萱憂心的回憶說，「我記得在皇宮裡逃難時，虎魔被侍衛們的亂箭射死，主上曾現身收走毒蛇。」

「就算咬傷你的是五毒魔物之一的毒蛇，你也不用擔心。我用內力把毒血吸出來了，還經過醫院的妥善治療，應該不會有事。」志達安慰她。

「快要十一點了，安南那時每到凌晨都會變身，我好怕。」羽萱焦躁不安。

「別怕，有我陪你，確保你沒事我再回房間休息。」志達把椅子往床邊挪近，希望多給羽萱一些安全感。

「嗯。」羽萱輕輕點頭，眼中閃著晶瑩的淚光。

時間一分一秒過去，志達故作輕鬆的滑著手機，還輕輕哼歌，為的就是降低羽萱的焦慮。

羽萱打開電視看著影集，藉故轉移注意力，不過心中還是忐忑不安。

等著等著，十一點過去，十二點也過去，羽萱都沒有出現怪異的現象，志達終於可以安心的跟她道晚安，回自己的房間睡覺。

隔天早上，志達去探望羽萱，她早早起床，看起來精神不錯。

「我好多了。」她開心的說。

吃早餐時，方子龍對羽萱說：「我昨天晚上跟你媽商量好了，為了安全起見，讓她提前帶你和志達回臺灣。」

「是啊，美食展的事情交給你爸去處理就好了，我們先回臺灣，至少醫療比較方便。」方太太也說。

「我沒問題，問問志達的意願吧。」羽萱看向志達。

「曹氏族譜怎麼辦？它是因為我們去查閱才被搶走的，我們沒有搶回族譜，還這樣一走了之，真對不起曹星辰先生。」志達憂心的說。

「我問過曹先生了，他不怪你們，還交代我告訴你不要自責，族譜被搶的事就交給警察去辦。」方子龍說。

「好的。」志達回答，但心中卻興起一個念頭。他可以趁魏鼎辛不在，再次潛入魏家，到地下暗室去查個清楚。

於是用過飯店的早餐之後，他和羽萱便回房整理行李，讓方太太提前帶著兩人搭機回臺灣。

飛機在桃園機場降落，再轉捷運回板橋，回到羽萱家時已經下午兩點了。

羽萱進房整理行李，志達看看時間，這時候魏虹都會外出「郊遊」，繼程也在學校上課，魏家沒人，正是最佳的調查時機。他急忙把行李箱丟在房間，沒有通知羽萱，自己搭公車跑去繼程家。

這回他沒有從一樓進入，而是跑到大樓後面沒有人的巷子裡，用吸拉內力爬到二樓，再從二樓搭電梯上到十五樓。接著，他又從樓梯間的窗戶爬出去，沿著外牆從品酒房爬進來。

他憑著印象轉動那瓶酒，卻發現酒瓶一動也不動。

「難道機關被關閉了？」志達暗忖，「糟糕，這樣就無法去地下暗室了。」

他走出品酒房，卻發現隔壁魏鼎辛的房門沒關。

「繼程不是說，他外公出差時會把房門鎖上，難道是忘了鎖？」

眼見機會難得，他便悄悄的溜進去察看。首先映入眼簾的是床頭上那張加框的全家福照片，不過看了其他地方好一會兒，並沒有發現什麼可疑的東西。

忽然房間另一頭傳來腳步聲。

「虹虹，是你回來了嗎？我不在的時候，你是不是動過品酒房的酒瓶？我回家時發現出門前忘了上鎖。以後我不在家的時候，你不要動酒瓶喔！好不好？」魏鼎辛和藹的說著，那聲音往客廳而去。

志達嚇一跳，原來魏鼎辛比他早一步回來。

「咦？奇怪，虹虹還沒回來啊。那怎麼聽到有聲音？」魏鼎辛似乎從桌上拿起一樣東西走進魏虹房間，沒多久又轉回自己的房間，探頭進來察看。「咦，真的還沒回來。這看護就愛帶虹虹去公園，她好樂得輕鬆。唉！也好，一直待在屋內也怪悶的。」

魏鼎辛沒有看到志達，因為志達早已用吸拉的內力爬上房門，躲過了魏鼎辛的視線。但志達看到魏鼎辛的手中捧著一本藍色的線裝書，他詫異極了，心想這很像是香港的那本「曹氏族譜」啊！

魏鼎辛捧著書打開大門，從樓梯間往上爬。志達躡手躡腳的爬出窗戶，發現魏鼎辛進了神明廳。他悄悄的攀吸在神明廳的外牆，透過窗戶偷偷往裡看。

魏鼎辛把那本線裝書放在案桌上，點燃三炷香，面向灶王爺肅立舉香。

「弟子魏鼎辛今日欣得族譜，全賴祖師爺冥冥中庇佑。先父當年來到臺灣，慌亂中沒有帶上族譜，心中滿是遺憾。現在有了族譜，總算可以追本溯源，也了卻先父心中一樁遺憾。」

那本書厚厚的模樣，藍色的封面，還有線裝書的樣式，分明就是那本「曹氏族譜」！志達心想，這可惡的主上，終於被我抓到證據了。

魏鼎辛祭拜完之後，帶著族譜下樓，出了餐廳大門到路邊招計程車。

志達無法再忍受，直接施展輕功跳下去，跑到他面前攔截。

「魏鼎辛你站住，你這可惡的主上，不僅毒害我媽，也間接害死了湯之鮮，我要揭發你，讓你付出代價。」志達憤恨的說。

「林志達？」魏鼎辛驚訝的問，「你不是跟方子龍一家在香港參展嗎？」

「因為你用毒蛇咬傷方羽萱，我們只好提前回臺灣。」

「你到底在說什麼？」魏鼎辛感到莫名其妙，「我完全聽不懂啊！」

「你別裝傻了，你手中的族譜就是搶來的『曹氏族譜』，你就是主上，不要再騙人了。」志達胸口猛烈起伏，抒發出積壓已久的怒氣。

「這不是什麼『曹氏族譜』，這是我們『魏』家的族譜，我去香港時託人尋來的。」魏鼎辛拿出族譜，指著封面上的字，「看清楚，不要亂罵人。」

「啊！怎麼會這樣？」志達一看，那上頭寫的竟然是「魏氏族譜」。

「你這沒禮貌的孩子，竟敢對長老咆哮，還胡亂栽贓。」魏鼎辛生氣的怪罪，「我本來以為你品行端正，還鼓勵繼程多跟你來往，沒想到你是這麼目無尊長。」

「對……對不起。」志達驚訝之餘，只能道歉。

「哼！」魏鼎辛又斥責一聲，然後攔下一輛計程車離去。

「可是，天底下有這麼巧合的事嗎？實在是太可疑了……」

志達覺得不甘心，不想就此認輸。他施展輕功，一路尾隨那輛計程車，發現魏鼎辛進入附近一家頗具規模的銀行。

他同樣用吸拉內力吸附在銀行外牆上，透過窗戶，看見他來到二樓，跟一個西裝打扮的男人熱絡的聊天。不久，那個男人交給他一把鑰匙，魏鼎辛便起身，走進一間房間。

一會兒後，志達看見魏鼎辛出來歸還鑰匙，但此時他的手上已經不見族譜的蹤跡。

「原來他把族譜鎖進保險箱中。」志達喃喃自語，「跟范衛襄幫主把軒轅石藏起來的方式一樣。」

但銀行守衛森嚴，要打開保險箱更需要專門的鑰匙，他不知如何是好，只能先懊惱的離開。

回到羽萱家已經是晚餐時間，志達吃著阿弟準備的美味越南菜，一邊把這些發現跟羽萱說。

「聽起來真的太巧了，感覺其中有鬼。」羽萱驚訝又狐疑的說。

「如果能實際看看那本『魏氏族譜』就好了。」

「對，如果裡面記載的是曹姓後代，那表示魏鼎辛說謊，如果真的記載魏家人，也可以往上查出魏家祖先跟曹雪芹有沒有關係。」

「唉！只可惜沒有辦法打開銀行的保險箱。」志達幽幽的說。

阿弟從廚房端出一盤新做好的菜。一上桌，志達以為是炸雞腿，吃進嘴裡卻是海鮮的甜味還爆出糖水。

「這是什麼雞腿？」他驚訝的把咬剩的半支拿到眼前看，發現食物的斷面竟然露出黃白色的纖維。

「這是甘蔗蝦，越南名菜之一。」羽萱笑著說。

「用蝦肉做成泥，包在甘蔗外面，裹了粉下鍋油炸。好吃嗎？」阿弟問。

志達又吃了一口，覺得香鮮嫩甜，美味極了，因而露出笑容。

「蘸這個醬吃會有不一樣的味道。」阿弟指著盤裡的小碟子，說完便回廚房忙碌。

碟子裡裝著紅色的醬料。志達蘸了一口，忍不住開心的叫起來：「哇！又酸、又甜、又鹹、又辣，好好吃。」

「這是辣椒梅子醬，被你說的好像五味十足。啊！不對，五味是甘、酸、辛、鹹、苦，這裡面缺了苦味。」羽萱說著念頭一轉，「對了，第五道神菜不正是苦味的菜嗎？先別管族譜了，乾脆先設法找出第五道神菜吧！」

「你說的有道理。」志達振作起來說，「苦味的菜，最常見應該是苦瓜了。」

「苦瓜鳳梨雞湯很好喝，我很喜歡這道菜。」

「苦瓜排骨湯，是道常見的菜。」方太太聽到他們的對話，也在旁邊插嘴。

「我知道鹹蛋炒苦瓜，是一道有名的臺菜料理。」志達說，「不過這樣亂猜不是辦法，一道一道做來試吃也很花時間。明天早上上學前，我去探望我媽，問問她湯之鮮前輩有沒有留下什麼提示。」

「好啊！」羽萱說，「希望有好消息。」

隔天一早，他到安養院向媽媽報平安，沒想到得到出乎意料的回覆。

「湯之鮮前輩曾給我第五道神菜的提示，原本想等你學會第四道神功就給你，只是我看你剛復原，又忙著要去香港，所以沒告訴你，現在是交給你的時候。我請護士小姐幫我放在桌子的抽屜裡。」陳淑美說。

「冰滴綠咖啡，酒肉在心頭。」志達拿出紙條，滿臉困惑的唸出紙上的文字。

「我猜不出來，你比我聰明，再好好想想吧。」

「我帶去學校跟方羽萱討論。」志達說，「媽，你好好休息，我去上學了。」

「好。注意安全。」

第一節下課時間，志達興沖沖的跑去找羽萱，兩人在走廊討論提示的內容。

「好奇怪的提示，不過比第三道菜的提示『口，足』多了很多字，應該比較好猜。」方羽萱興致盎然的說，「我猜冰滴是湯汁的意思，但綠咖啡我就不懂了。」

「我想過了，咖啡是苦的，而且這道菜是綠色的，所以我猜是苦菜。」志達推測說，「不是苦瓜。」

「喔，有道理。」羽萱說，「所以是苦菜湯。」

「對。」志達又說，「可是『酒肉在心頭』是什麼意思？會是用米酒、豬肉加豬心去煮苦菜嗎？」

「聽起來怪怪的，有這樣的菜嗎？」方羽萱想了一下，又說，「我聽過一句話：『酒肉穿腸過，我佛在心頭。』據說是濟公活佛說的。」

「你說的是那個瘋瘋癲癲的濟公嗎？」

「對呀！這裡少了『穿腸過，我佛』五個字。」

「這麼說來，跟腸子有關。」志達確定的說。

「那是小腸還是大腸呢？」

「我記得我媽做菜時，大小腸的作法不同。大腸厚一點，適合燉煮炒炸，小腸薄一些，適合煮湯。」

「這麼說來是小腸，那『佛』字呢？」

「佛手瓜？」志達猜測。

「苦菜加佛手瓜煮在一起，怪怪的。」羽萱搖頭。

這時空中響起廣播的聲音：「林志達同學，請到總務處，有你的信件。林志達同學，請到總務處，有你的信件。」

「啊！我沒聽錯吧？」志達感到莫名其妙，「怎麼會有人寄信給我？」

「真的在叫你的名字，快去吧！」羽萱催促著，「啊，我跟你一起去好了。」

兩人一同到總務處，真的收到一封信，不過很奇怪，信封上沒有寫寄件人的姓名、地址、電話等資料，只寫了「林志達同學收」。

兩人面面相覷，志達打開信封，展開信紙，赫然看見電腦列印的五個字：「苦菜小腸湯」，其他地方一片空白。

「天哪！」羽萱驚呼，「難道這是第五道神菜的菜名？」

「是誰寄信給我？知道神菜的人只有湯之鮮前輩，而他已經死了啊！」志達困惑不已。

「我來搜尋看看是不是真有這道菜。」羽萱拿出手機輸入文字，馬上興奮的叫說，「有！真的有，網頁上面寫著是福建那裡的名菜。」

「太棒了！」志達非常高興。

這時上課鐘響，他們各自回教室上課。志達心中還是迷惘，到底是誰寄來這封信？實在是太奇怪了。

這會不會是主上設下的陷阱？他又想起一句話：「不入虎穴，焉得虎子。」因此決定冒險去學這道菜。

第二節下課時，他偷偷跳到體育館的屋頂，喊出：「雷金流火，天地玄黃，元祖叱吒，萬古流芳，天清清，地靈靈，全脈神功請示薪傳……」緊接著敲擊軒轅石，大喊：「苦菜小腸湯……」

屋頂剎時騰起一圈純青火焰，青熊咆哮，在豔陽下益發閃耀光輝。

第八章 好心的中年和尚

火焰過後，空氣清新飽滿，志達深吸一口氣，感覺神清氣爽，精神煥發。

「般若波羅蜜多心經……觀自在菩薩，行深般若波羅蜜多時，照見五蘊皆空……色不異空，空不異色……」耳邊傳來誦經的聲音。

「咦，這是哪裡？」他環顧四周，發現自己身在一片林子裡，遠山含笑，白水縈繞，四處沒有人家，只有前方遠遠的有一座紅瓦白牆的佛寺聳立在山丘上。

「竟然可以從那麼遠的距離將聲音傳到這裡，就好像人在身邊一樣。好深厚的內力啊……」志達一邊讚嘆，一邊往前走去。

他發現後腦勺上有根辮子，再看看自己的裝扮，猜想來到了清朝。

大約走了一公里，總算來到佛寺門口，那誦經聲忽然停住，隨即響起一句話：「有客人來了。」

志達正心生佩服，忽然一個人影悄然落在他的面前，雙手合十說道：「阿彌陀佛。」

志達先是一愣，接著仔細一看，是一位五官清秀的中年和尚在向他行禮。

「師父你好。」志達有禮貌的問候。

「你……你……」但那和尚雙眼炯炯的注視著他的臉，久久不停。

他感覺被監視攝影機監控一般，很不自在，忍不住起了戒心說：「怎麼了嗎？為什麼一直盯著我看？」

和尚這才發覺自己失態了，看見志達鼻翼皮膚有異狀，一改態度，鄭重的說：「你的迎香穴泛紅，似乎身上有餘毒未清，進來屋內我幫你看看。」和尚一手牽著他，志達只覺得雙腳離地，瞬間進到寺院內。

原來這是一座荒廢的古寺，陽光灑在佛堂中央半腐朽的觀音像上，抬頭看，發現屋頂開了一個大洞，想必是木造的屋頂禁不起日晒雨淋而崩毀；低頭瞧，看見供桌少了一支腳，上面獨獨擺著一個木魚。三面門窗皆已脫落，地上滿是塵土、枯葉和雜草，一旁還有燒柴留下的黑炭灰，那木柴不是枯枝，而是破敗的木窗……

「這裡怎麼住人？」志達納悶的說。

「怎麼不能住人？這裡雖然簡陋，但對我而言已經是極樂世界了。我是個遊方和尚，平時在外修行，只要有地方讓我歇腳和誦經，就已足夠了。」和尚指示志達坐在地上。「我法號文思，不知小施主如何稱呼？」

「我叫做林志達。」志達坐下來。

「志達，我看你身上留有餘毒，這是怎麼回事？」文思和尚問。

「我被壞人陷害追殺，無處可去，才會跑到這深山裡。」志達簡單編了個理由搪塞過去。

文思和尚也坐下來為他把脈。「嗯，腎經和膀胱經已經復原，現在受毒害的是肺經跟大腸經，不過已經……」

「已經有人幫我把毒解了，我覺得現在身體沒有什麼異狀，精神也很好啊！」志達有些納悶，明明丐幫的幫主和長老們先前施展過六合陽氣大法，還有湯之鮮前輩，都幫他解毒了啊！

「你有所不知。那毒已經擴散到五臟六腑，至今已傷了心經。心經有如君王，君死則國亡，還好你體質不錯，使它雖有損傷但不至於完全閉塞不通。然而心經和小腸經互為表裡，若放任不管，到時餘毒發作，得花百倍的力氣才能醫治了。你坐好，讓我來為你療傷……」

「你不問我被人追殺的原因嗎？」志達問。

「哈，知道那些也無法讓你復原啊。」文思和尚灑脫的笑著，盤腿坐到志達背後。

志達覺得這個和尚跟一般人不同，該放心讓他治療嗎？

文思和尚開始運功，內力直往心脈而去，卻發現有其他經脈的真氣前來阻擋。他重新調整，將內力降為原來的十分之一，再緩緩來到心脈之外。那些真氣感應到他的內力並無惡意，便不再警戒，讓他的內力得以順利的進入志達的心脈搜尋，並一路往下通到小腸，將兩道經脈的毒氣都納入自己的內力中。

他接著調整方向，將這股內力運往志達手掌中的少府穴。「來，先吸口氣，把意念集中在你的手掌，然後向前打出……」

志達聽話的照著做，掌中打出一股濃濃的黑氣。

「再來！」

七次之後，志達打出來的氣已經不再有顏色，文思和尚高興的說：「好了，我已將你體內的餘毒清乾淨了。」

志達挺起胸膛站起來，甩甩手活動四肢，彎腰扭臀，感覺比之前更加靈活自在，開心的說：「謝謝你，文思師父。」

話還沒說完，他的肚子就咕咕叫起來，志達不好意思的摸著肚子。

「你體內的毒排除了，需要吃點東西好好調養。」文思和尚親切的說，「你且在這兒休息，我到附近的村落化緣，拿些食物回來給你吃。」

志達滿心感動，忍不住鼻子一酸！「你為什麼對我這麼好？」

「因為……因為你與我的徒弟有幾分神似，看到你便讓我想起了他……」文思和尚哽咽著說。

「你的徒弟？他在哪裡？」志達好奇的問。

「他被仇家毒死了。」文思和尚溼了眼眶，傷心的說。

「和尚也會有仇家？這是怎麼回事？」

「誰沒有仇家？每個人都有剋星，只是不知道何時會遇上，也許有一天，你我也會成為別人的剋星呢！」文思和尚一掃陰霾，打趣的說。

「這……」

「別提這些了。既然你無處可去，不妨就跟著我吧，至少我可以化緣，保你飲食無憂。」文思和尚說，「你心脈裡的餘毒剛清除，最好躺下來休息一會兒，讓它更快恢復。」

「好。」志達摀著胸口，難怪感覺心頭有小鹿亂跳。

文思和尚離開後，志達便躺下來休息，不一會兒便睡著了。

不知過了多久，朦朧中聽見鏗鏗鏘鏘的聲音，又聞到食物飄香。志達好奇的張開眼睛，看見屋裡炊煙蒸騰，文思和尚蹲坐在角落，忙著烹煮東西。

他好奇的走過去看，只見地上有兩個臨時搭建的灶，分別由三塊磚石組成，上頭放了陶鍋，陶鍋裡頭燉煮著五色的粥品和白色的濃湯。

「哇！好香，這是在煮什麼？」志達好奇的問。

文思和尚回頭親切的問說：「你醒來了。身上有沒有哪裡覺得不舒服？」

「沒有，感覺通體舒暢。」志達感激的說。

「肚子餓了吧？」文思和尚看著他說：「再等會兒，我化緣得來了紅豆、綠豆、大麥、蕎麥，得燉久一點才行。」

「原來是八寶粥啊。」志達好奇的看那鍋奶白色的湯，「另一鍋是什麼？」

「這是江浙人常吃的醃篤鮮。」

「醃篤鮮？我沒聽過。」

「醃是醃漬的鹹肉，篤是滬地一帶的話，意思是火勢旺盛發出『篤篤篤』的聲音，鮮是鮮肉。」文思和尚說，「我買不到鮮肉，因此用老母雞和金華火腿去熬湯，加入筍子、百頁結、蒜苗，滋味毫不遜色。」

「鹹肉、老母雞、金華火腿？」志達驚疑的說，「和尚不是不吃肉嗎？你剛才去化緣，人家怎麼送肉給和尚呢？」

「那是我特地去買來煮給你吃的。你的毒傷剛復原，需要吃些滋補的東西。」文思和尚又說，「金華火腿是浙江金華的名產，拿來熬湯非常香濃。」

「你對我太好了，不過我隨便吃個粥就可以了呀！」志達客氣的說。

「那怎麼行？」文思和尚轉頭過去，舀了一碗醃篤鮮遞給志達。「這湯差不多了，我包袱那兒有竹筷子，你去拿來嘗嘗湯的味道。」

「好。」志達過去包袱那兒，發現敞開的包袱裡放了竹筷子、衣服、毛巾、小茶碗、小銅鍋、砧板、菜刀……他從裡面取來竹筷，先喝一口白湯。

「嗯！這湯既醇厚又鮮甜，非常順口。」志達讚美不已。

「甜味來自老母雞和百頁結，鮮味來自筍子，醇味來自火腿，天下唯有這金華火腿能熬出這純正古雅的醇味了。」

「啊！這火腿肉帶有熟果的香氣，可是太鹹了。」志達咬了一口，不禁張口大叫。

「呵！火腿肉是熬湯用的，得燉到沒鹹味了再吃。這金華火腿是將醃漬過的豬後腿，吊掛在陰涼處一年，慢慢熟成，所以含有豐富的醇厚滋味。」

「你是和尚，竟然也懂得烹煮葷菜？」志達驚訝的問。

「那有什麼？我還沒出家前是揚州大酒樓裡的廚子，每天烹煮的菜色供數百個客人食用，現在煮這些只是雕蟲小技。」文思和尚回頭繼續攪拌著那鍋粥，「你喝完湯之後先到外頭去逛逛，等粥熬好了再回來吃。別走太遠，要保留一些體力，明天我們還要往南走呢。」

「我們？往南走？」

「你被人追殺，有我保護你，諒你的仇家不敢再來傷害你。」

「太好了，謝謝文思師父。」志達表達謝意，「但，你要去哪裡？」

「我要到福州去。」

「是去那兒投靠另一間佛寺嗎？」

「不，我去找人。」文思和尚說完便專注的烹煮，不再說話。

志達慢慢的往外面走去，心中非常感動，一位素昧平生的人對自己這麼好。他覺得自己真是幸運，就像遇見了人間菩薩，因而完全卸下了心防。

他不禁頻頻回頭，看著文思和尚忙碌的背影。不知怎麼的，志達忽然想起了以前在工作臺前辛苦辦桌的媽媽。

第九章 充滿爭議的獻藝法會

休息了一夜之後，第二天一早，文思和尚把乾糧撥成兩半，分一半給志達當早點。然後他把鍋碗瓢盆堆疊起來，擱在大布巾上，打了一個大包袱，往肩膀上一背，便帶著志達往南方走。

文思和尚駕起輕功往前，志達同樣輕功跟上，文思和尚一看，了然於胸。

「我昨天為你運功時，發現你經脈健壯，真氣豐盈，具有深厚的功夫底子。不知你師承哪一個派別？」

「三日下廚房，洗手做羹湯。」志達俏皮的說。

「哈！你這小子。」文思和尚微笑，「誰知盤中飧，粒粒皆辛苦。」

「開門七俗務，柴米油鹽醬醋茶。」志達又說。

「閉戶七高古，琴棋書畫詩酒花。」文思和尚又說。

「我知道你是民灶派的。」志達抬起下巴，得意的說。

「何以見得？」

「因為你說你在大酒樓當過廚子。」志達歡喜的說，「我也是民灶派的。」

「這麼說來，你真當得起我的徒弟。」文思和尚喜悅的說。

「可惜我不是和尚，也不想剃光頭。」

「哈哈，你少老王賣瓜，我根本不缺徒弟。」

「哈哈哈。」

走了兩個時辰，兩人停在大樹下休息，文思和尚又拿出水和乾糧分給志達，補充體力。

「你說你被壞人所傷，但看你輕功了得，可見那個壞人也不簡單。」文思和尚說。

「是的，他不但武功高強，而且手段陰險，好多人都吃了他的虧。」

「可惡，我最恨這種陰險的小人，如果讓我遇到，絕對不會放過他。」文思和尚氣得大叫。

「文思師父，你不要激動。」志達為了安撫他，連忙轉移話題說：「話說你到福州去，是要尋親嗎？」

「不，福州的開元寺素以供奉藥師佛聞名，後天九月二十九是藥師佛的聖誕，開元寺將舉辦一場『齋菜獻藝法會』，我要前往該寺以廚藝禮佛，願藥師佛賜下靈藥，讓我徒兒的陰魂得以痊癒。」

「你昨天不是說要去找人嗎？」

「先去禮佛再說。」文思和尚沒有回答志達的疑問，看他吃完了手中的乾糧便說：「走了，繼續趕路。」

兩人再度啟程，但這一路上文思不再像之前那麼健談，變得沉默寡言，但腳程因此變得更加輕快，傍晚時他們已到寧德，隨便在一個大戶人家的屋簷下過夜。隔天一早又問道於人，中午即到了福州。

他們來到開元寺，只見這間佛寺莊嚴宏偉，格局縝密，古色古香。由於藥師佛聖誕的緣故，寺裡擠滿善男信女，人山人海，香煙繚繞。這景象出乎志達意料，令他喜出望外。

「據說這開元寺是千年古剎。我也是第一次來，今天能親眼目睹也算是你我的福報。」文思和尚欣喜的說。

他帶志達擠進人群中，到後廂房去拜訪老住持，並說明來意。

「文思師父，阿彌陀佛。不知你從何而來？」老住持捋著長長的白鬍子，慈藹的問著。

「我從揚州來的。」文思和尚打躬作揖，禮貌的說。

「那是千里之遙啊！一路辛苦了。」老住持看看志達，「這位是？」

「是我在路上結識的少年，雖然他也有佛緣，但是還沒考慮出家，我暫且收他為在家弟子。」文思和尚解釋說。

「聽說這間古寺有千年歷史，不知是什麼時候建造的？」志達好奇的問。

「敝寺建於南北朝梁太清三年，殿內供奉有千年大型鐵鑄佛像，每年藥師佛聖誕院內便人潮如織。」老住持熱情的說，「遠來是客，今晚就住下來，好好的在福州待幾天。」

「多謝住持。」文思和尚感激的說，「不知明日獻藝法會如何進行？」

「你來自外地，只要把素菜做好獻上供桌，即可加入僧團中一同誦經。法會結束之後，眾長老們會選出一道菜，送給優勝者一部《藥師琉璃光如來本願功德經》。」

接著，老住持指派一個小和尚帶領他們到廂房休息。文思和尚把行李安頓好，便帶志達到各殿去禮佛。

他們來到鐵鑄的佛像前，志達一看，那佛像高有六米，非常壯觀。再看祂法相莊嚴，慈眉善目，讓人心生崇敬與仰慕。

禮佛完畢，文思和尚帶志達到福州城內逛逛，滿眼望去盡是濃密蓊鬱的老榕樹，綠色枝葉與紅灰屋瓦相互掩映，非常古樸典雅。

文思和尚搭上一位婦人，問她說：「這位小嫂子，跟你打聽一個人。」

「什麼嫂子？出家人不守清規，隨便在大街上和人攀親帶故，成什麼體統？」那個婦人一看是個和尚，生氣的說。

「啊！抱歉抱歉，是女施主。」文思和尚慌張的紅了臉。

「對不起，我們剛到這兒，人生地不熟，得罪了。」志達急著幫忙解圍。

「看在這位小兄弟的面子上，你問吧！」婦人癟癟嘴說。

「聽說福州城裡有個鄭春發，最近賣起新菜色，叫做『佛跳牆』，不知住在哪裡？」文思和尚急忙發問。

「你說的是酒樓嗎？」那個婦人埋怨的白他一眼說，「我一個婦道人家，哪裡去過什麼酒樓？你還是去問那些公子老爺吧！」

「啊，真是對不住。」文思和尚尷尬的摸摸腦勺，又抱歉的鞠躬。

「師父，我來幫你問吧！」志達自告奮勇的說。

他看見一位男子從一間大屋裡走出來，便上前作揖：「請問大爺，跟你打聽一個人。」

「好，你說！」大爺說。

志達把剛才的問題重述一遍。

「你說的可是『聚春園酒樓』的老闆鄭春發？」大爺問。

文思和尚急忙上前，興奮的說：「正是，正是。」

「那家酒樓我常光顧，那道『佛跳牆』真是美味，各色鮮貨精燉出濃郁鮮美的湯品，舉世無雙啊。」大爺說著不禁瞇眼陶醉起來，「對了！酒樓就在前面巷子左轉大街上，門前高高豎著酒旗的就是。」

「太好了，謝謝你。」文思和尚如獲至寶。

「太棒了，師父，找到了。」志達也為他高興。

文思和尚迫不及待的往前走去，志達急忙跟上，兩人很快的就來到「聚春園酒樓」，那是棟兩層樓的建築，店面寬敞，門庭若市。

文思和尚站在對街，並不走進去，只是呆呆的朝裡頭望著。

「師父，不進去找人嗎？」志達好奇的發問。

「住嘴！」文思和尚表情不變，嚴肅的喝止。

「啊？」志達感到莫名其妙。

文思和尚頻頻朝酒樓裡面瞧著，沒多久，他不知道看見了誰，眼神露出凶光，雙手握拳，激動的顫抖著。

志達一看嚇了一大跳，這副模樣似曾相識啊！

是誰？在哪裡？越想越是熟悉，可是怎麼想都想不起來，志達感到十分懊惱。

「走吧！」文思和尚低下頭，逕自離去，一路不發一語。

志達跟在後面，感覺師父心事重重，卻不敢開口再多問一句。

隔天早上，兩人到齋房用過小米粥和豆腐等簡單的早齋，不久就聽見大殿內傳來誦經聲。

「法會開始了！」志達探頭出去，看見大殿內擠滿了穿著袈裟的僧侶，一同唸誦經文。大殿外則跪著許多善男信女，人人手持一炷香，虔誠的禮佛。

「獻藝者請到這兒集合。」一位幹練的和尚在齋房內的一角現身，大聲吆喝。「灶房裡備有各類食材，大家可以自由取用。沒有要獻藝的人，就先到大殿外跟著信眾們跪拜。」

文思和尚趨前挑選食材，志達則退出到大殿外跪拜。

過了大約半個時辰，那位幹練的和尚走進大殿在老住持身邊耳語，老住持便令大家停止誦經，並對眾人宣告：「今天的法會名為『齋菜獻藝法會』，為的是慶祝藥師佛的聖誕，祝願眾生多食素菜，不要殺生，當可保身體康泰，遠離藥石。獻藝者都已經完成作品，現在就請他們進入殿內為藥師佛獻藝。」

「咚咚！噹！」一時鐘鼓齊鳴，數十位獻藝者端著自己做的素菜走進大殿，並且把菜依序放在供桌上。菜碗的下面墊上一張紙，紙上已經寫好獻藝者的名字。

志達遠遠的看到文思和尚端著一個大碗，小心翼翼的走進大殿，將碗放在供桌上，然後進到一旁的僧侶群中。志達看他一副很怕食物溢出來的模樣，猜想他做的應該是某種湯品。等全部的菜都上了供桌，老住持又引領大家唸誦了一段經文。

一刻鐘後，誦經完畢，老住持帶著幾位長老，輪番上前評鑑菜色。每一道菜都取了吉祥寓意的名稱，像是：「萬佛朝宗」其實是素蔬大拼盤；「京燻素鵝」是把豆乾塑造成鵝的形狀，再燃燒甘蔗燻製而成；「滷素雞」是豆乾製成雞形，加醬油去紅燒；「竹笙香菇炒麵筋」是把這三種食材大火熱炒……

他們在供桌前來回觀看比較後，不約而同都停在一道名為「無量壽菊」的湯品面前，七嘴八舌的談論著。一會兒後老住持臉色一沉，轉身面向大眾，嚴厲的說：「文思和尚作弊，取消資格。」

志達嚇了一跳，接著看見文思和尚也愣了一下，但他隨即跳出來，極力的替自己辯護說：「不，我沒有作弊。」

「啊！」志達看著他義正詞嚴的表情，鏗鏘有力的語調，忽然想起昨天一直想不起來的畫面。

他那激動的模樣，憤慨的表情，跟志達當初穿越回到南宋西湖時，那位懷抱冤屈的余大娘非常相似。

第十章 聚春園酒樓的新廚師

「如果你用真的白菊花入菜，倒也情有可原。」老住持拉下臉，不客氣的說：「但你用婦人配戴的假花混充食材，取名『無量壽菊』，雖然華美又有法意，但終究是造假不可取。」

一旁有個長老也生氣的說：「這分明是江寧一帶婦人用絲絨做成的絨花。聽說你從揚州前來，江揚兩地相隔不遠，想必你是在那兒買來的假花。不要以為我們福州人沒有見識，這花是真是假，我們還看得出來。」

「住持、諸位師父，你們誤會了。」文思和尚一改嚴肅的神情，自信從容的走到他們面前說：「我這是用豆腐做的白菊花。」

「出家人不說妄言，豆腐那麼細軟，如何能做成白菊花？」長老質疑的說。

住持聽了半信半疑，拿筷子往那碗裡一撈，瞬時驚訝大叫：「它化開了，這不是絨花！」

「請住持嘗一嘗，便知真假。」文思和尚懇切的說。

住持不再遲疑，一手端起大碗，一手用筷子把那白菊花撥入口中。眾人張口注目，屏息以待，整座開元寺寂靜無聲，有如千古洪荒。

「哇！入口即化，真的是豆腐的滋味。」住持雙眼圓睜，驚喜萬狀。

眾人一片譁然。

「那些豆乾還能捏塑成素雞素鵝，可是豆腐怎麼可能做成菊花？」另一個長老還在質疑。可是住持毫無疑慮，直接又問：「文思法師，你這湯是怎麼做的？真是鮮美甘甜。」

「我用甘草、紅棗和枸杞去熬湯，沒有多加調味。」文思和尚喜悅的說。

「那豆腐做的菊花已被住持吃下，」還有個長老站出來說：「我得親眼看你製作菊花豆腐，才願意相信。」

「沒問題。」文思和尚說，「就讓我在這裡製作，以取信於眾人。」

「那更好。你需要哪些東西？」住持問他。

「砧板、菜刀和一塊豆腐。」文思和尚恭敬的回答。

「就這樣？」住持不敢相信。

「就這樣。」文思和尚堅定的點頭。

住持吩咐下去，很快就有小和尚把這三樣東西拿到大殿。

「到殿外臺階下做給大家看吧。」住持說。

「遵命。」文思和尚說。

住持又命小和尚取來一張草蓆，鋪在殿下，並將其他東西也放上去。志達急忙擠到最前頭去一探究竟。

文思和尚走下臺階，跪坐在草蓆上，拿起菜刀閉目運氣，眾人圍過來觀看。

忽見文思和尚臉透紅光、雙掌顫動，顯然聚氣充盈，然後他嗯哼一聲，張開眼睛，拿起菜刀，先用平刀去掉豆腐上層的老皮，接著一手輕按著兩寸見方的雪白豆腐，開始快速切起來。

志達原以為會聽到「咄咄」的切菜聲，不料竟然悄無聲息。仔細分辨，原來文思和尚下刀極快，卻無一刀切斷豆腐，而是刀鋒落到豆腐下方還剩半公分處便瞬間收回切起下一刀，而且刀刀之間相隔極細，彷彿原地重複不斷切著。

這無聲的刀工若非親眼所見，人們還以為尚未開始呢。

「這是在切豆腐嗎？看起來怪怪的。」眾人交頭接耳，議論紛紛。

切完之後，文思和尚用刀背把豆腐托起來轉個九十度，繼續再切，同樣一鼓作氣，頃刻完成。

「還是一塊豆腐啊！」「對呀！哪裡有什麼菊花？」

大家還在質問著，因為那塊豆腐看起來跟之前並無兩樣。

「請把剛才那碗湯拿過來。」文思和尚轉身說。

小和尚聽到吩咐後便端來湯碗，裡面還留有七分滿的湯。文思和尚把那豆腐托起來，輕輕放入湯中，再微微搖晃幾下。

「哇！」眾人見狀連連發出讚嘆。因為那豆腐瞬間在湯碗裡綻放成一朵雪白的萬壽菊，每一根花瓣清晰可見，條條分明，而且在清澈的高湯中，不見任何豆腐殘渣或斷鬚。

「這比那江寧的絨花還要精細華美，太不可思議了！」香客中有人稱讚。

「也比那真正的菊花還要細緻富貴，不知有多少花瓣呢？」另外有人問。

「這『菊花豆腐』的花瓣，密密麻麻的，無法數啦！」還有人說。

「不用數，一共是一萬一千八百八十一片花瓣。」文思和尚氣定神閒的說。

「何以見得？」某一獻藝者不服氣的問著，「胡謅的吧！」

「千真萬確。」文思和尚微微一笑，認真的解說，「因為我縱刀下了一百零八刀，橫刀也是一百零八刀，各切出一百零九個面，兩者相乘便是一萬多片花瓣。」

「哇！太厲害了。」眾人紛紛道好，連剛才質疑他的獻藝者也瞠目結舌，對他佩服得五體投地。

「文思師父，你是師承哪一位大師的絕技呢？」長老問。

「這不是拜師學來的，是我自創的獨門祕技。」文思和尚坦然的說。

住持忽然大喊一聲：「傳經！」

「咚咚！噹！咚咚！噹！」一時又是鐘鼓齊鳴。

住持攙著文思和尚走入大殿，從供桌上取來一部精裝繡面的經文，雙手奉上：「文思師父，這部《藥師琉璃光如來本願功德經》非你莫屬，此刻便傳授予你。」

文思和尚跪下承接，感激涕零。接著他把佛經奉在桌上，不停的對藥師佛頂禮膜拜，口中唸唸有詞，熱淚滿面。

志達目睹經過感動不已。他不免好奇，這文思師父的徒弟是怎麼樣的人？又是怎麼遭逢劫難的？是誰毒害了他？還有，文思師父真是個重感情的人，讓人心生佩服與敬愛……想著想著，志達的眼眶也溼了。

「無量壽菊」既漂亮又好吃，製作的刀技出神入化，善男信女因而傳為美談，奔相走告。然而，「菊花豆腐」四字通俗易懂，人們傳來傳去，很快的便取代了原本的名稱，而文思和尚的名氣也在一夕之間傳遍福州的大街小巷。

當天就有達官貴人、富翁商賈出了高價，要請文思和尚到府裡去掌廚，因為他們也想嘗一嘗這絕無僅有的精美料理。但文思和尚都搖頭，笑瞇瞇的對他們說：「你們到『聚春園酒樓』去吃吧！」

眾人興沖沖的去到「聚春園酒樓」點這道「菊花豆腐」，卻又都撲了空，搞得酒樓老闆鄭春發也莫名其妙。他們回頭去問文思和尚，他只是重複的說：「你們到『聚春園酒樓』去吃吧！」

志達覺得很疑惑，為什麼文思和尚要這麼做？但文思和尚只是微笑不答。

很快的，那些人悟出其中的道理：「莫非是文思和尚想去『聚春園酒樓』製作這道菜，那麼……」饕客們一同慫恿鄭春發去邀請文思和尚，並居中穿梭聯繫，直到鄭春發親自到開元寺的廂房拜訪。

見面那天，志達看鄭春發年紀大約二十多歲，年輕有為，意氣風發。文思和尚也客客氣氣的接待他。

「我是『聚春園酒樓』的老闆鄭春發，不知能否有這榮幸，邀請文思師父到小店製作『菊花豆腐』，以饗饕客？」鄭春發行禮說。

文思和尚不置可否，反問他一個不相關的問題：「聽說你賣起了一道新菜，非常受到歡迎，叫做『佛跳牆』，那是什麼來歷？」

「我曾經當過周蓮大人的廚子，他在擔任福建布政使時，有一回受邀到銀局官員的宅邸作客，周大人命我一同前去，當宴席的幫廚。其中有一道菜叫做『福壽全』，周大人吃了讚不絕口，回府之後要我重製。我憑著記憶加以改良，想不到滋味比在宴席上吃到的更好吃，這便是『佛跳牆』的前身。」

「為何『福壽全』改名叫『佛跳牆』呢？」志達好奇的在一旁插嘴發問。

「後來周大人常以此宴客，周大人的姻親鄧捷大人，在準備到四川出任巡撫前吃了這道菜，也是連連稱好。鄧大人詩興大發讚頌說：『罈啟葷香飄四鄰，佛聞棄禪跳牆來。』周大人一高興便把菜名改成『佛跳牆』。由於鄧捷大人太喜歡這道菜了，後來還特地向周大人把我借去四川幫廚好幾年。」鄭春發說。

「那『福壽全』，又是誰發明的呢？」志達又問。

「是那銀局官員家裡的廚子，名叫武聚文。那一次宴席上，我當他的幫廚，兩人相談甚歡，結為好友，常常往來。我們同為官灶的廚子，但他原本是民灶派的，他的母親廚藝高超、武藝精湛，從小就嚴格訓練他，他因此被銀局官員賞識而延攬為廚，跟著來到福州。」鄭春發轉而對文思和尚說：「對了，武聚文是揚州人，跟文思師父是同鄉呢！」

「哦？我沒聽過這個人。」文思和尚搖頭。

「後來武聚文辭了差事，回揚州陪伴老母親經營酒樓，我離開四川後，也曾去揚州拜訪過他。武聚文與他的母親極為熱情，端出好酒好菜招待我，尤其招牌菜『紅燒獅子頭』入口即化，他的母親更因這道菜而在當地頗負盛名，人稱『葵花姥姥』，只不過我不懂『葵花』與『獅子頭』有何關連？文思師父可聽說過『葵花姥姥』嗎？」

「也沒有聽過。」文思和尚閉眼搖頭。

「是了，你是出家人，自然是不會知道我們俗世的市井人物。」鄭春發有些擔憂的說，「只怕你會嫌棄我酒樓多是葷食，不願屈尊幫忙？」

「我有三個條件，你若同意，我願意為你製作這道『菊花豆腐』。」文思和尚點頭說。

「什麼條件？師父請說。」鄭春發抬頭，恭謹的聽著。

「一、一朵菊花豆腐售價一兩銀子，對半分帳。二、我只製作菊花豆腐，志達可當你葷菜的幫廚。三、給我和志達各一間房，供吃供住，另外給志達工錢，比照其他廚子。」文思和尚指著一旁的志達說。

「師父，你不需要我幫忙嗎？」志達問文思和尚。

「不，我一個人就綽綽有餘。」文思和尚微笑以對。

「這位小兄弟可會做菜？」鄭春發不放心的問。

「鄭老闆放心，我從小就在酒樓裡打雜，灶房裡的工作難不倒我。」志達想到有機會一探「佛跳牆」的作法，興奮的說。

鄭春發暗忖，那些有錢的客人來酒樓，即使慕名而來，也不會只點一道「菊花豆腐」，還會加點其他菜色，可使他的生意更加興隆。而且一塊豆腐不到一文錢，卻能賺到半兩銀子，本小利多，怎麼算都划算。

「太好了，我那酒樓灶房旁有幾間空屋子，其中兩間給你們居住，另一間會放兩個火爐和一個大桌。不知這樣可好？」鄭春發恭敬的問。

「很好。」文思和尚滿意的點頭，「你先回去，我們隨後就到。」

志達上前送行，等鄭春發離去後，他轉回廂房，來到門邊，卻聽見文思和尚偷偷的在嘆氣落淚。

師父怎麼了？好端端的謀得了好差事，為什麼不高興，反而難過掉淚呢？

他雖困惑，卻也不敢上前探問。

第十一章 綁架孕婦的怪姥姥

志達和文思和尚來到「聚春園酒樓」，鄭春發連忙帶他們在後屋安頓下來，並介紹酒樓的環境。先是到一旁葷素兩灶房看看，接著回到前面店鋪。

「我這『聚春園酒樓』共兩層樓，樓下有十五桌，樓上有十桌，可同時容納兩百位客人用餐。」鄭春發詳細的說，「目前有廚子五人，伙計六人，掌櫃一人。」

志達看酒樓占地廣闊，人潮絡繹不絕，客人杯觥交錯，每張桌上中央都擺著一個大瓷罈，他不禁好奇指著罈子問：「那就是佛跳牆吧？」

「是的，那是本店的招牌菜，幾乎每桌來客都會點。」鄭春發笑著回答。

鄭春發的妻子聽見文思和尚到來，也挺著大肚子，從後院內室出來迎接。鄭春發介紹說：「這是我去年新婚的妻子雪嬌。」

「文思師父好。」雪嬌不方便鞠躬，只點頭致意。

志達看那雪嬌長得年輕貌美，嘴巴雖笑卻面有愁容，臉色也慘白。

「這是第一胎吧，想必害喜得很嚴重。」文思和尚笑容可掬，不由得親切的伸出手，卻忽然停住把手縮回，尷尬的笑說：「看起來有九個月了。」

「正是九個月，就快臨盆了。」鄭春發陪笑說。

志達心中一驚：啊！他要做什麼？摸人家的肚皮嗎？在人家的丈夫面前？還好他及時住手，不然就太失禮了。志達連忙轉移話題問說：「師父，如果同時有兩百個客人都點了『菊花豆腐』，你做得出來嗎？」

「只要有兩百塊豆腐，我就做得出來。」文思和尚信心滿滿的說，「不信？現在就來試試。」

鄭春發點點頭，拿了一塊小木板，寫上「菊花豆腐一兩銀」七個字，然後掛在牆上，跟其他菜單並列。馬上就有客人舉手說：「給我來兩道『菊花豆腐』。」

「沒問題咧！」鄭春發開心回應。

「可是，師父你還沒煮高湯。」志達提醒他。

「無妨，可以先用清雞湯代替。」文思和尚看看鄭春發。

鄭春發會意，便說：「葷廚灶房裡，雞湯多的是。」

「那麼開工吧。」文思和尚走進素廚灶房。

「你去捧一籠豆腐給文思師父。」鄭春發吩咐一個伙計，接著帶著志達進入葷廚，捧了兩大碗老母雞湯來到文思和尚那兒。

不到三分鐘，兩碗香噴噴又美豔的「菊花豆腐」就上了桌，在場的客人全都圍觀過來，嘖嘖稱奇。

「太美了！」

「真是百聞不如一見。」

「聽說是前無古人啊。」

「雖然要一兩銀子，但是很值得。」

點餐的客人炫耀似的端起大碗，一口就將「菊花豆腐」吞入口中，然後囫圇下肚，呼出一口氣說：「太美味了。」

「老闆，我也要一碗『菊花豆腐』。」

「這邊也要一碗。」

「我們這一桌要五碗。」

客人紛紛點起「菊花豆腐」來嘗鮮。

「好的，伙計快給客人點菜。」鄭春發應接不暇，笑得合不攏嘴。志達忙進忙出，也很開心。

席間也有客人點了「佛跳牆」，志達這才發現，葷廚裡有兩口灶上疊滿了蒸籠，而且蒸籠的高度是一般的兩倍，裡面放了許多罈子。

他發現有廚子從一組蒸籠裡拿出罈子，又從罈子裡拿出紗布裹著的東西，去掉紗布後，才知是芋頭、鵪鶉蛋、排骨、海參、栗子、豬肚、干貝、花膠、火腿、鮑魚、魚翅、魚脣、蹄筋……等食材。他好奇的問鄭春發：「怎麼每一樣食材都用紗布包起來？」

「佛跳牆的材料需要長時間的蒸煮，食材很容易軟爛而散掉，變成一鍋糊爛混濁的雜菜湯，這樣就失敗了。」鄭春發詳細的說明，「因此必須用紗布分別包起來，放入罈中去煨製，再按照料理所需的時間分別取出，最後打開紗布後再分層重新擺回罈中，加入湯汁再次蒸熱。」

「如此一來，花膠是花膠，鮑魚是鮑魚，魚翅是魚翅，蹄筋是蹄筋，各自保有原來的形狀，湯也會清澈甘甜。」一旁的老廚子幫腔說。

老廚子舀了半碗湯給志達喝。他喝了一口，眼睛一亮，驚喜的說：「有大白菜的甜和紹興酒的香醇。湯頭經過長時間燉煮後，吸收了各種食材的精華，融合成豐厚醇美的新滋味，太美妙了。」

「這裡面可是包含了地上跑的，水裡游的，天上飛的。」老廚子得意的說，

「好了，快來幫忙。」

「我該做什麼？」志達問。

「佛跳牆已經有專人製作，你來幫我做荔枝肉吧。」老廚子說。

「這是用荔枝做的菜嗎？」志達又疑惑。

「不是，荔枝肉是咱們福州的代表菜色。把豬肉做成荔枝的形狀，配上荸薺去油炸，拌上酸酸甜甜的醬汁，吃起來又脆又嫩，還帶著荔枝的香味。」老廚子一板一眼的說著，「我示範切肉給你看。」

他先把豬肉切成一公分厚的片狀，然後在上頭割出十字花，再切成三角形的小片。志達看了一回便學會了，老廚子對他的表現很滿意。

志達在裡面忙了一陣子，趁空檔跑到旁邊的素廚看文思和尚。只見房間裡非常安靜，火爐上燉著兩鍋素湯，桌上除了豆腐還是豆腐。文思和尚手腳俐落，談笑間便完成一道「菊花豆腐」，志達留在那兒也是英雄無用武之地。

他想起了此行的目標物「苦菜小腸湯」，便跑到前廳看菜單。他發現菜單上除了佛跳牆、荔枝肉，還有醉糟雞、鍋邊糊、扁肉燕、海蠣煎、酸辣魷魚湯……就是沒有「苦菜小腸湯」。

「老師傅，您可曾聽過『苦菜小腸湯』？」他跑去問老廚子。

「啊！開什麼玩笑，酒樓裡賣苦菜，誰吃啊？客人來到這兒要吃的是甘甜的滋味，誰想花錢來吃苦啊？」老廚子說完自顧自的忙著。志達也不好再問了。

忙碌了一整天之後，志達跟著大夥兒吃著豐盛的菜餚。他看見文思和尚在另一桌吃素菜，便湊了過去。

「辛苦了，師父。」志達問候著。

「吃得慣閩菜嗎？」文思和尚問他。

「不錯啊！吃起來酸酸甜甜的，相當開胃，湯品也很好喝，還有紅糟口味的。」志達開心的說。

「這些都是閩菜的特色，閩菜也重視湯品，佛跳牆算是精品中的精品。」

「聽起來師父對這兒的菜很有研究。」

「別忘了，我沒出家之前在揚州酒樓裡當廚子，對於各地的飲食習慣多少了解。」

這時鄭春發走過來，感激的對他們說：「師父蒞臨小店，讓我們大開眼界了。剛剛問了掌櫃，今天的收入是平日的兩倍，這都是托了師父的福。」

「這沒什麼。」文思和尚冷淡的說著，他放下筷子，還剩下一堆菜沒吃。「如果沒有其他事情，我要去歇息了。」

「師父請自便。」鄭春發客氣的說。

文思和尚早早歇息，志達吃飽喝足，沒事可做，也回自己屋裡睡覺去了。

隔天一早，志達還在睡夢之中，忽然被淒厲的慘叫聲驚醒。

「啊，放我下去！救命啊！放我下去！救命啊！」那是一名女子的叫聲。

志達連忙跑出屋外尋找聲音的來源，沒想到那聲音竟來自半空中，一個女子和一個光頭和尚站在酒樓的屋脊上，那高度少說也有一丈，如果摔下來，非死即傷。仔細一看，竟然是鄭春發的妻子雪嬌和背著包袱的文思和尚，剛才那陣女子的尖叫聲，正是來自雪嬌。

志達雙眼一愣，心想：天啊！他們在那兒做什麼？

「師父！你為什麼抓走我的妻子？你快帶她下來呀！她身懷六甲，這不能開玩笑，拜託你，快讓她下來吧！」鄭春發站在院子裡，把手圈在嘴巴旁邊，仰頭對著文思和尚大叫。聽得出來他非常慌張，也非常憂心。

「師父，你們快下來呀！危險哪！」志達也跟著對文思和尚喊話。

「鄭春發！你閉嘴，否則我輕輕一推，就讓你的妻子墜樓而亡，並且一屍兩命。」文思和尚威脅著說。

「啊，不要啊！」鄭春發跪下來對文思和尚拜了又拜，「拜託師父手下留情，你要什麼我都給你，請放過我心愛的妻子和骨肉。」

志達無法相信眼前所見，有如困在五里霧中，不知為何發生如此巨變，他只得先喊話說：「師父，有話慢慢說。嫂子懷著身孕，受不了這種折騰啊。」

「鄭春發，你且看清楚了。」文思和尚左手抓著雪嬌，右手伸到自己臉上，由上往下，用力扯下一張面具。然後肩膀一抖，背上駝起一團肉球，變成一個白髮駝背的老婆婆。「你可知，你得罪的是誰？」

「啊！你是……你是……」鄭春發認真辨識，歪頭細想，最後驚訝的叫說：「啊！你不正是揚州武聚文的母親，葵花姥姥嗎？」

「哈哈哈，太好了！你知道是我，就不會死得不明不白了。」

「姥姥，你怎麼會在這兒？還打扮成和尚的模樣？」鄭春發皺著眉頭，大惑不解。

志達也嚇傻了，光頭的中年和尚，突然間竟變成一位滿頭白髮的老太婆。

「你還敢問我？你這忘恩負義，沒心沒肺的狗東西。當時你來我家作客，我和兒子熱情招待你，沒想到你卻拿有毒的豆瓣醬送他，害他吃了之後中毒身亡。嗚……」葵花姥姥悲憤的哭泣。

「啊！什麼？武聚文死了？我怎麼都不知道。他是怎麼死的？」鄭春發驚異的問。

「就是讓你毒死的，嗚……」姥姥傷心的控訴著。

「姥姥，我沒有呀！送給武聚文的豆瓣醬，我全家也都吃了呀。我跟聚文感情那麼好，怎麼可能毒害他，我完全沒有理由這麼做啊！」鄭春發百般辯解。

「你不用再說了。我就這麼一個兒子，沒想到被你下毒害死，殺子之仇不共戴天，你殺死我兒子，我也要殺死你的兒子，讓你嘗嘗那錐心蝕骨的痛苦……」

「不要啊！」鄭春發苦苦哀求。

「啊！」這時雪嬌嚇得昏厥，身體一軟，葵花姥姥連忙將她抱起。她看了看懷中的孕婦，隨即大喝一聲：「走！」便輕功騰空，一路往對街屋頂飛跳而去。

鄭春發試著追上去，但他武功薄弱，又沒有輕功，頓時癱軟在地，雙手朝妻兒消失的方向伸長雙臂，失魂落魄的望天哭泣。

「不行，我要去搞清楚到底怎麼一回事。」志達說完跟著駕起輕功，飛上屋頂，一路追蹤過去。

第十二章 生死一念間

志達追著葵花姥姥的背影，來到山上一間破廟，直闖進去衝到兩人面前。

「師父，不要衝動。」志達發覺不對，趕忙改口。「不，葵花姥姥，不要衝動，不要殺人。」

只見姥姥平靜的望著他，而雪嬌躺在地上，依舊昏迷。姥姥緩緩的說：「我並沒有要殺她，我只是要讓鄭春發嘗嘗喪子之痛。我打算等她產子之後，殺死嬰兒，報這一箭之仇。」

「姥姥，這嬰兒是無辜的呀！」志達懇切的勸說。

「哼！我的兒子也是無辜的，誰來同情他？誰來幫他求情？」姥姥眼中彷彿著火般，憤恨的說，「聚文好不容易回家跟我團圓，我本打算為他娶一門媳婦，一家人同享天倫之樂，誰知那鄭春發無端毒害他。此仇若不報，我誓不為人。」

「鄭春發為什麼要毒害你的兒子呢？」志達不解的問。

「我不知道。」葵花姥姥又說，「但我知道他當年被主子派去四川，跟了鄧捷，那鄧捷是武當派中『五毒宗』的傳人，本就擅長用五毒來傷人。江湖中傳言，鄧捷以五毒蟲卵為行功藥引，又在不知名之處吸取了極陰之氣，練出了邪惡的五毒陰功。鄭春發一定是跟他的主子學的，這幫人陰險狡詐，死有餘辜。」

「他毒死你的兒子有什麼好處？」志達又問。

「哼！等我殺了他的孩子，報了仇，再來好好拷問他。」姥姥咬牙切齒的說。

「這……」志達搖頭心想，一直爭執下去不是辦法，不妨先試著讓姥姥的情緒平復下來，之後再來打算。志達見她滿臉皺紋，與文思和尚清秀的外貌簡直天差地遠，便用崇拜的口氣說：「姥姥，你騙得我好苦，竟然喬裝成和尚。我跟著你那麼多天了，完全被蒙在鼓裡，那是什麼法術，怎麼那麼厲害呀？」

「那是武家代代相傳的易容術，向來沒什麼用處，想不到這回讓我用上了。」

「你大可用葵花姥姥的身分上門興師問罪，何必假扮成和尚？」

「他既然有意毒害我兒子，見到我必然會全盤否認，甚至找人對付我。因此我才決定易容，讓他沒有防備。」

「那為什麼要特別假扮成和尚？」志達好奇的問，「扮成一般百姓不行嗎？」

「我一個婦人在外行走總是不便，加上需要盤纏，我思來想去只有扮成和尚最合適，遊方和尚可以沿門托缽，身分低調不易引人注意。唉……」姥姥長長的嘆了一口氣，又說：「一路上我還能到各地佛寺禮佛誦經，超渡我那可憐的孩子……」

「人們為何叫你葵花姥姥？跟你的名字有關嗎？」

「你有所不知，我們在揚州的酒樓以獅子頭為招牌菜，那獅子頭是隋煬帝時，我灶幫先祖尤瑜庚所發明，原名叫做『葵花大斬肉』。取橘紅色的球形，模擬揚州四大美景之一的葵花崗。」姥姥得意的說，「蘇州一帶菜色分為淮揚、金陵、蘇錫、徐海四大派系，其中以淮安、揚州、鎮江一帶的淮揚菜最為有名，而這道菜又是淮揚菜的頭號代表菜。」

「那怎麼會有人叫它獅子頭呢？」志達不解的問。

「那是到了唐朝時，郇國公韋陟宴請賓客，客人看到這巨大如雄獅頭的肉丸子，便趁機奉承說：『郇國公半生戎馬，戰功彪炳，應當配戴獅子帥印，方才威風。』韋陟一高興，便把葵花大斬肉改名獅子頭。揚州人都知道這個典故，因此追本溯源，叫我葵花姥姥。」

「那你又是怎麼練成『菊花豆腐』這獨門刀工的？」志達打破沙鍋問到底。

「製作獅子頭時需要用雙刀將豬肉剁成綿密的肉末，我做了幾十年，刀工自然不在話下。」姥姥見他這麼想了解內情，便細細說明。「喪子後，每當我想起鄭春發，心中便有熊熊烈火，恨不得用雙刀來對付他，但為了隱瞞身分當一位稱職的和尚，我便把這豪邁的內力化成細密的切工，將滿腔的憤恨發洩在豆腐上面。誰知道無心插柳，練就出創新的菜色。」

兩人聊得正熱絡，一旁的雪嬌蹙著眉，發出聲音。

志達一看，搖了搖她的肩膀：「嫂子，醒醒。」

雪嬌慢慢張開眼睛，看見一旁葵花姥姥怒視著他，不由得倒抽一口氣，身子一縮，痛苦的乾嘔起來。

「志達，你為她拍拍背吧！」姥姥說。

志達依言上前，扶起雪嬌，拍拍她的背。

一會兒，雪嬌好多了，便對姥姥說：「我不知道我丈夫做了什麼，但我腹中的孩子是無辜的，你要洩憤就殺我抵罪，千萬不要傷害我的孩子呀！」

「不，我不殺你，我也不殺鄭春發。」姥姥意志堅定的說，「我只殺你們的孩子，我要讓鄭春發體會失去兒子的痛苦。」

「姥姥，求求你。」雪嬌哀哀懇求，「你也是為人母親，懷胎十月忍受著種種痛苦，為的就是孕育這小小的生命。我死不足惜，只求你保全我的孩子，不要傷害他的性命，求求你。」

「哼！誰叫這孩子姓鄭，我老實告訴你，我不只要殺這孩子，將來只要是鄭春發的孩子，我每一個都不讓他活，我要讓他絕子絕孫。」姥姥越說越生氣，雙頰和耳根都漲紅了。

「姥姥，佛家常說：『慈悲為懷』，你就放過他們吧。」志達也幫著求情。

「我等這一天已經很久了。這是因果報應，要怪就怪鄭春發先種下惡因，現在我只是讓他嘗到惡果，如此而已。」葵花姥姥低頭一想，鬆口氣又說：「好吧！我可以等你生下孩子後，讓孩子吃一口母奶，再結束他的性命，至少他不會當個餓死鬼。」

雪嬌一聽淚流滿面，坐起來背靠著牆壁，望著鼓起的大肚子，哀戚的說：

「我的孩子，這九個月來，我無時無刻都希望你早日來到人世，可是現在……我多麼希望你不要出生啊！這樣你還能待在為娘的肚子裡苟且活命，雖然你讓我吃不好，睡不著，但是我都願意忍受啊……」

「姥姥，你再想想……」志達感到很難受，希望姥姥回心轉意。

「少囉唆！志達，我待你如親徒弟，一路上照拂你，還為你解毒。你不要違逆我，不然我也會對你不客氣。」姥姥瞠目怒視志達，志達只好退縮閉嘴。

「唉呀！好痛啊！」雪嬌忽然抱著肚子叫著。

「怎麼了？她怎麼了？」志達慌張的望著雪嬌，又轉頭望向姥姥。

「痛啊！天哪！」雪嬌滿臉顫動，五官都扭曲了。

「看起來像是要臨盆了。」姥姥倚老賣老的對雪嬌說：「十月懷胎的痛楚算什麼？真正的痛苦現在才要開始，那可比千刀萬剮要痛上百倍，而且這是頭一胎，短則一天，長則兩、三天。你會後悔剛才說過的話，巴不得孩子趕快出生，好從這無間地獄般的痛苦中解脫。」

「唉呀！」只見雪嬌大汗淋漓，臉色蒼白如紙，哀號聲一聲接一聲，而且音量越來越大。姥姥察覺不對，上前為她把脈，臉上露出喜悅與憤恨交融的複雜表情，接著轉頭對志達說：「她快生了，你快去燒一桶熱水來。」

「什麼？」志達感到錯愕，愣在原地，「這裡是荒郊野地的破廟，沒有鍋，沒有灶，怎麼燒熱水呢？」

「唉！算了，你到外頭看看有沒有古井或溪流，想辦法弄一些水回來。」

「好。」志達聽話出去尋找。

他在附近搜尋，果真發現一口古井，而且很幸運的，井邊還有木桶和繩子可以打水。他趕緊打了一桶水提回破廟裡。正巧廟裡有個舊水缸，估量著尚能存半缸水，志達便來回幾趟，打了水倒進去。

「吸氣，吐氣，肚子用力……」姥姥這時成了助產婆，激動的鼓舞著產婦。

「啊！唉呀……」雪嬌不斷痛苦的嘶吼著。

「很好，孩子出來一點點了。啊，不對啊！」姥姥驚慌的大叫，「怎麼是腳先出來？唉呀，這是難產！弄不好真的是一屍兩命啊，這該怎麼辦？我該怎麼辦？」

「你……你不要管我……」雪嬌喘口氣，虛弱的說：「幫我留下孩子，我死沒有關係，你一定要保全我的孩子。」

志達在一旁聽得萬分難過，握拳大叫：「要救大人，孩子生下來也會被姥姥殺掉的。」

「不！不要殺我的孩子呀……」雪嬌傷痛的哭著。

「你別哭，這一哭就沒力氣生孩子了。」姥姥沉默了一會兒，然後嚴厲的說：「你們兩個都給我閉嘴，讓我把孩子推回去。」

「什麼？」志達不懂那是什麼意思，好奇的看向姥姥。

第十三章 最上乘的易容術

只見姥姥閉目運氣，雙手比劃招式，不久她的雙掌因內力聚積滿盈而發出紅光。她深呼吸，將內力由丹田輸入雙掌，兩掌變成深紫色。志達從未見過這種功夫，看得目瞪口呆。

「喝！」姥姥跪坐到雪嬌的身旁，將發紫的雙掌放到她的肚子上，然後閉目凝神，似乎在用心體會腹內胎兒的姿態。接著她像是掌握了情勢，開始沿著大肚的外側，以逆時針方向推動胎兒。

志達見姥姥的額頭上冒出豆大的汗珠，不住的喘氣，眉心和鼻尖都皺起來。

「啊……」雪嬌似乎感到撕心裂肺的痛苦，哀號得更加劇烈。

姥姥時而用力推擠，時而擔心傷了胎兒，又頻頻放輕力道。她心焦如焚，又必須鎮定運功，竟也痛苦的流下眼淚。

好不容易熬過半個時辰，姥姥深吸一口氣，雙手抬高，運氣收功。她喘著氣對雪嬌說：「我好不容易把胎兒乾坤大調轉，變成頭下腳上，現在胎位是正確的，你趕快用力！」

然而剛才還不停痛苦哀號的雪嬌卻沒有半點反應。

「雪嬌！雪嬌！你醒醒，你不能昏過去啊。嬰兒會死在裡面的，你快醒來。」姥姥不停的拍打雪嬌的臉頰，但她仍然沒有動靜。姥姥倉皇失措，恐慌的大叫：「不行！快醒來生孩子呀！」

志達也焦急的問：「怎麼會這樣？」

「雪嬌受不了折騰昏過去了……啊！有了。」姥姥急中生智，把內力又灌入雙掌中，放到雪嬌的肚子上方，慢慢的將胎兒往下推。才一會兒，她就欣喜的說：「看見了，看見了，嬰兒的頭皮冒出來了……整顆頭也出來了。」

「太好了。」志達鬆了一口氣，滿心期待著。

「啊！為什麼他的臉是黑色的？」姥姥又驚恐的叫著，「啊！脖子上有臍帶。糟糕，剛剛那一個大調轉，不慎讓臍帶纏住嬰兒的脖子，血流不上去，不快點剪斷臍帶的話會死的！」

志達一聽，又擔心緊張起來。

「不知道纏多久了？他還活著嗎？」姥姥慌張的停手，跑去旁邊七手八腳的打開包袱，拿出棉繩和剪刀，將嬰兒脖子上的臍帶束緊並剪斷；又趕緊運功，雙掌回到雪嬌肚子上，緩緩將嬰兒推生出來。

嬰兒終於落地了，卻無聲無息。

「不能死，你不要死，快吸口氣！」姥姥張大雙眼，抓起嬰兒的雙腳將他倒懸，並拍他屁股。「哭啊！快哭啊！嗚……」

眼看嬰兒的臉恢復了血色，但身子卻沒有動靜，姥姥哭得更焦急了。志達也低頭流淚。

「哇！哇！」忽然響亮的嬰兒哭聲劃破空氣。志達抬頭一看，姥姥正抱著溼淋淋的紅嬰兒，又笑又哭的說：「好孩子，你終於哭了，太好了，嗚……」

「順利救回來了！」志達開心的說，「太棒了！太棒了！」

「哈！是個胖小子。」姥姥忽然想起兒子的仇恨，垮下臉說：「沒什麼好高興的，你讓開，我要餵嬰兒吃奶。」

「姥姥，你該不會真的要……」志達憂心不已，心情頓時落到谷底。「好不容易才救活的啊！」

「少囉唆，不關你的事。」姥姥嚴厲喝斥，「你出去！」

志達只好垂頭喪氣的站起來，一邊往門外走，一邊頻頻回頭觀望。

姥姥解開雪嬌的衣襟，小嬰兒趴在母親的胸上，本能的大口吸吮。

志達知道等嬰兒吸飽了，便會結束這短暫的一生。他靜靜的等候著姥姥的下一聲叫喚，那應該是叫他一起回去找鄭春發，給鄭春發看冰冷、失去呼吸的嬰兒屍體。

「嗚！可恨啊……嗚……」

想不到他等到的是姥姥懊喪與悲憤交加的哭聲。

「為什麼？為什麼老天要這樣作弄我？為什麼我下不了手？為什麼？為什麼？」姥姥一邊哭著，一邊抬頭吶喊。

「哇！哇！」小嬰兒被姥姥嚇得大聲哭號。

姥姥抱著小嬰兒，卻始終下不了手，只能怨恨仇人，又埋怨老天。

志達一邊往屋外走去，一邊心想：不行，如果姥姥等一下反悔又想報仇，難道一條無辜生命就這樣被斷送嗎？志達越想越覺得不妥，急忙轉身走回去，對姥姥說：「你不要殺害無辜……」

「啊！」沒想到姥姥大叫一聲，放下嬰兒，滿面猙獰的伸出雙手夾住志達的頭顱，口中喃喃唸著咒語般的東西。志達猶如遭人點穴般，完全無法動彈，只覺得一股強勁的內力穿過頭顱，又從頭顱往下竄進體內，在他全身經脈和筋骨上東奔西竄。

他感到錐心蝕骨的痛苦，手腳背脊各處關節都抽痛起來，肌肉也痠疼無比，彷彿自己成了砧板上的豬羊，被人大卸八塊，又挑筋剔骨。

「啊……」志達連聲慘叫，姥姥卻還不放過他，改變內力運作的方式，轉為逆向進行。志達感到那些被挑開來的筋骨肌肉，似乎重新組合起來。漸漸的，他感覺手腳好像變長，肌肉也變發達，臉上五官和皮膚又癢又腫。

一會兒後，姥姥停止運功，志達也恢復了行動力，卻覺得渾身不自在。

姥姥猛然抓著他的雙肩，望著他出神，然後捧著他的臉，深情又喜悅的叫著：「阿文，我的好阿文……」

「你在叫誰？」志達感到莫名其妙。

「我的好阿文，娘好想你，你終於回來了，娘好想你……」姥姥熱淚盈眶，雙脣顫抖，深情的望著他。

「什麼阿文？我是林志達，姥姥你怎麼忘了……」

「阿文，我的好兒子，嗚……回來了就好，回來了就好……嗚……」姥姥突然抱著他大聲痛哭。

志達心中暗忖：這到底是怎麼回事？可是看她哭得這麼傷心，志達不僅沒有推開姥姥，反而靜靜的讓她盡情發洩，不知不覺情緒被姥姥感染，也跟著傷心落淚。

「哇……」這時，小嬰兒忽然大哭。

姥姥被那哭聲喚醒，終於止住淚水。

「姥姥，你把我怎麼了？我渾身不舒服。」志達擦去眼淚，難過的問。

「你去水缸那兒照照。」

志達走到水缸前映照水面，竟看到了一張陌生的臉孔。

「啊！這是誰？」他驚訝極了，低頭看看自己的身體和手腳，怎麼變長也變壯了。

「怎麼會這樣？」志達驚慌不已。

「別慌，我只是用最上乘的易容術，將你變成我兒子的外貌，就連身材高矮都如出一轍。」

「武聚文？」志達驚叫。

「是的。」姥姥尷尬的笑著說，「我第一次見到你時，就想起了我的兒子，因為你和他眉宇之間有些神似。」

志達又照了一次水面，原來姥姥的兒子眉清目秀，是個帥哥。

「姥姥，雖然我渾身不舒服，不過我願意忍受這種痛苦，繼續當你的兒子，只求你放過那個無辜的小嬰兒好嗎？」志達思考了一會兒，誠懇的說。

「傻小子，」姥姥嘆氣說，「這易容術如果沒有持續輸入內力維持，要不了多久便會失效，恢復原來的模樣。」

果然不久之後，志達便覺得痠疼的感覺慢慢消失，等到全身舒爽無恙，再去照水面，已經恢復自己本來的容貌。

「求姥姥教我『易容術』。」志達靈機一動，跪下拜師。

「你學這功夫做什麼？」

「你想念兒子時，我可以扮成他給你看，其他時候，我也能用來幫助別人！」

「教你可以，但你得發誓不可用來做壞事。」姥姥嚴肅的說。

「我林志達發誓，不會用易容術做壞事。」志達即刻挺起腰身，舉手抬頭發下誓言。

「好。拜師吧！」姥姥抱起嬰兒輕輕撫慰，並且端正的盤腿坐下。志達恭敬的向姥姥磕頭三拜。

「很好，古傳的易容術由淺至深共分三種：第一種最簡單卻也最卑劣，是揭別人的臉皮來貼在自己臉上。」姥姥皺眉搖頭說。

「啊！這我看過。」志達回想起明鄭時期，噬血魔狂狼揭去寧靖王的廚子阿土的臉皮，假扮成阿土的往事。

「第二種，用豬皮熬製，加入顏料色粉，在冷卻前趁熱捏塑出人臉，做成豬皮面具。我這次假扮成文思和尚，採用的就是這個方法，這種方式雖然效果差一點，但不會傷害別人。」

「我跟你相處那麼多天，倒是完全看不出破綻。」

「那是因為我發揮了高超的演技啊！呵呵！」姥姥繼續指導說明，「第三種就是剛才用在你身上的『分筋錯骨易容術』，以最上乘的內功加諸筋骨肌肉，調動全身的肌肉和骨骼位置，由內而外改變身材與外貌。如果再用胭脂色膏調整膚色，用假髮假鬚改變毛髮的濃密、長短，那就更能以假亂真，無法分辨。」

「哇！太神奇了。」志達讚嘆的說。

「三種易容術中，第三種最困難，尤其面部五官，差之毫釐，失之千里，因此需要非常精準的掌握。而且施展此功很耗內力，也會為易容者帶來分筋錯骨的痛苦，非必要不該使用。」

「我知道了，我會謹遵師父教誨。」

「現在，我就傳授你『分筋錯骨易容術』的內力心法，你且揮掌過來！」

志達揮出兩掌，姥姥隨即出掌相接，兩人四掌相對。志達覺得一股熱流傳進手掌，又流進手臂，又傳進肩膀、脖子和大腦，同時一句震撼人心的言語在腦海中響起：「眼、耳、鼻、舌、身、意」。

一會兒後姥姥收功放下雙掌，張開雙眼說，「我已將易容術的內力心法傳授給你，除了模仿對方的五官和身體，還要推敲那人的意念，才能成功不露痕跡。你要常常複誦體會。」

「遵命。」志達誠摯的說，「感謝師父。」

心法傳授完畢，志達便著手練習。他把內力都集中在丹田，發現其中有一股陌生的勢力潛伏其中，似乎在等他發號施令。他清楚分辨出那是姥姥所傳授給他，屬於易容術的內力，於是試著揣摩姥姥剛才發功的模樣。那內力果真被催動了，他也開始感受到身上各處傳來的痠痛苦楚。

他站起來到水缸邊，把那內力推向眼睛然後照照水面，看見眼睛大如牛眼；又把內力擠往鼻子再照水面，見鼻子變成酒糟鼻；再把內力傳到嘴巴，水面上浮現一個香腸嘴的男生。

「啊！」志達大吃一驚。

「呵呵呵！」姥姥被他逗笑了。

志達望著水面，回想剛才武聚文的容貌，緩緩驅動內力，忍著分筋錯骨的痛苦，將五官調整成他的樣態。「這樣像不像你兒子？」

「鼻子還要小一點，眼睛還要大一點，單眼皮才行……」姥姥一邊笑著一邊指導他，慢慢的姥姥的笑聲小了，又流下了熱淚。「這樣很像了。」

接著志達又練習調整軀幹和四肢，一會兒變高，一會兒變矮，漸漸的掌握了各種改變身體的要點。

天色漸漸暗了下來，雪嬌這時已經甦醒，嬰兒在她懷抱中安穩的吸著奶水。姥姥熬了一些粥給大家吃，直到夜幕降臨，伸手不見五指，大夥兒才歇息無話。

志達和姥姥累了一天，很快就沉沉入睡，黑暗中，志達彷彿感受到武聚文也來同榻而眠。

第十四章 意料之外的死因

隔天早上，志達起來後看見大家都還在睡覺，便悄悄的走出去。他在林子裡繞來繞去，順便採些野果子，聽聽蟲鳴鳥叫，聞聞花草芳香，心情也被大自然感染。大約半個時辰後，他走回破廟。

這時，雪嬌已經清醒了，坐在地上背靠著牆，懷裡抱著小嬰兒。

葵花姥姥盤腿坐在一旁閉目運功，想必是昨天用了許多真氣，需要調理。

志達將剛才在林中採來的漿果遞給雪嬌，雪嬌抬頭，眼中透出母愛的光輝。「謝謝你，小兄弟，我剛好有點渴。」

「真是個白胖小子，真可愛。」志達看著小男嬰，歡喜的說。

「為了養這一胎，春發每天準備佛跳牆給我進補，果真把這小娃兒養得胖胖嫩嫩。春發他……」雪嬌忍不住喜悅，說出了丈夫的名字，忽然又覺得不妥，急忙閉嘴，望向姥姥。

「咳！」姥姥張開眼睛，收了功，溫和的說：「剛生產完的產婦身子虛冷，得要好好進補。」

志達望著姥姥卻沒說話，因為他知道姥姥的心意了。

「收拾收拾，我帶你回家坐月子。」姥姥這話是說給雪嬌聽的，但雪嬌兩手空空被挾持而來，哪有什麼東西好收拾？

「是收拾心情吧！」志達笑著說，被姥姥白了一眼。

「小兄弟，真感謝你，姥姥都跟我說了，要不是有你苦苦勸她，我這孩兒早就沒命了。」雪嬌感激的說，「你是我的恩人呢！」

「那不是我的功勞，是姥姥大發慈悲。」志達客氣的說。

「你我一人一邊，扶著雪嬌。」姥姥對志達下令。

「用輕功回去嗎？」志達問。

「那還用說。」姥姥理所當然的回答。

他們啟程出發。半個時辰過去，他們回到了「聚春園酒樓」，只見平常人來來人往的酒樓此刻大門深鎖，沒有營業，店鋪裡空無一人。

三人進到後院內室，這才發現鄭春發倒在床榻上昏迷不醒，酒樓的老廚子在一旁看護著。

「啊！回來了。還生了白胖的娃兒，這是……還是……」老廚子驚愕得語無倫次。

雪嬌驚訝的上前推推鄭春發：「春發，你醒醒，你怎麼了？」

「這是怎麼回事？」葵花姥姥問老廚子。

「唉！老闆看見妻兒被奪，悲憤之下口吐鮮血，昏厥不醒啊。」老廚子悲傷的說。

姥姥上前為鄭春發把脈，然後嘆口氣說：「他這是急火攻心，心脈受損所引起的連鎖反應，導致腸胃出血，陷入昏迷。」

「快去請大夫啊。」雪嬌焦急的對老廚子說。

「大夫來看過了，搖頭說是無能為力，就離開了。」老廚子傷心的說。

「嗚……春發，你才剛得了兒子，卻沒有福氣看他長大，怎麼會這樣……嗚……」雪嬌悲傷的哭泣。

姥姥低頭思索了一會兒，然後對老廚子說：「灶房可有豬小腸？」

「今日沒有開店，未曾採買食材。」老廚子搖頭。

「去市場買些回來。」姥姥指示他。

「要做什麼用？」老廚子和雪嬌同聲發問。

「他的病是我造成的，我有責任把他醫治好。你聽我的話去做，我有把握可以讓鄭春發恢復健康。」姥姥懇切的說，「順便買幾隻雞，打一罐麻油回來。」

「灶房裡就有麻油。」老廚子說。

「姥姥你這是？」志達不確定的問。

「昨晚我想清楚了。」姥姥語重心長的說，「當我心存報復時，心中有如被魔鬼占據，痛苦不已。我的兒子已經死了，就算我殺死一百個鄭春發的兒子，他也不會復活，而我卻會痛苦一百次……」

「姥姥，你……」志達想說些安慰的話，又覺得說了多餘。

「你跟我來。」姥姥對志達說，「隨我去採野菜。」

「好。」志達說。

「你將豬小腸和雞買回來之後，先做麻油雞為雪嬌補身，快去快回。」姥姥交代老廚子說。

「好的。」老廚子一聽急忙出門去了。

姥姥帶志達到附近野地走了幾圈，採回好幾把苦菜。

回到酒樓之後，小腸也買回來了，姥姥進灶房煮了「苦菜小腸湯」，一邊給鄭春發灌菜湯，一邊說：「我本是閩南永春縣人，這苦菜是我們小時候常吃的野菜，可以降心火。鄭春發吐血是腸胃有傷口，小腸可以幫助傷口復元，滋補身體，這兩樣東西煮在一起，正好可以治他的病情。」

志達也舀了一小碗來吃，雖然一入口非常苦，卻感到福至心靈，腦海中浮出「寬恕之美」四個字。他心想，是了，這是全脈神功第五式的內力心法。

他走出屋子，到院子裡冥想著這四個字，便覺得胸口心窩和下腹小腸處發出熱氣，兩股熱氣匯聚丹田，又四散到全身經脈和肌肉，引導它們運行，因而打出全脈神功第五式。然而這一回跟前幾次不同，這招式結束之後，他忽然感到身體聚集了滿滿的內力熱氣，並且上上下下的流竄。

姥姥端著空碗從屋裡走出來，看著志達施展功夫，竟看傻了眼。一會兒志達練完功，姥姥回神，驚喜的對他說：「我不知道你練的是什麼功，但是我遠遠看到你眉心發出紅光，那是『上丹田』的位置，表示你原本的功力加倍成長了。」

「哦？」志達很驚訝。

「不信你跳上屋頂看看。」姥姥提議說。

志達一點頭，單腳一蹬人就飛起來。他原本想落在二樓的屋頂，沒想到卻直上青天，到達相當八樓的高度，令他又驚又喜。

接著，他又朝著牆壁使出吸拉的內力，瞬間便攀上牆壁，速度比以前快了兩倍。他在屋舍間又是跳躍又吸附攀爬，像一隻在林間飛翔的快樂小鳥。

到了傍晚時分，鄭春發醒了，雪嬌說明了事情的經過後，他請雪嬌帶葵花姥姥進屋，當面對姥姥說：「我對天發誓，我沒有下毒殺害武聚文，如果有，就讓我被打入十八層地獄，永世不得翻身。」

「但我兒子確實是吃了你帶來的豆瓣醬中毒的。」姥姥疑惑的說，「就算我願意相信你，還是無法解惑。」

「你也吃了嗎？」志達問她。

「我沒吃，所以沒有中毒。」姥姥說。

「可否詳細說明當時的情形？」鄭春發誠懇的對姥姥說。

「事情是這樣的，」姥姥鼻子一酸，強忍著淚說：「那一天你離開之後，聚文興沖沖捧著一罐東西，對我說：『這是聞名天下的四川陴縣豆瓣醬，我當廚子那麼多年，卻從來沒有嘗過，聽春發說拿來炒豬肉絲很美味，我們快來嘗鮮。』接著便拿進灶房炒了肉，拿來給我品嘗。我還沒動筷子就看他神色不對，臉色蒼白，頭冒冷汗。我說：『聚文，你怎麼啦，不舒服嗎？』他說他吃了這道菜後突然覺得頭昏噁心。我一聽驚訝的說：『該不是中毒了吧？』便把那盤豆瓣醬炒肉絲倒掉了。」

「我在四川買了十二罐，回來之後還有十一罐，用來做菜給大家吃，都沒有問題啊。確定是吃了我送的豆瓣醬所引起的嗎？」鄭春發疑惑的說，「那剩下的豆瓣醬呢？有沒有其他人吃過？」

「那是有毒的東西，我怎麼敢再給別人吃。」姥姥傷心的說，「我挖了坑，把它倒進去埋了。我聽說黃連可以解毒，就用黃連燉成湯藥讓他服下，誰知道他喝完後兩個時辰就死了。嗚……」

「啊……」鄭春發驚恐又不捨，難以言語。

「除了臉色蒼白、頭暈、噁心，他還有沒有其他症狀？」志達好奇的問。

「有，」姥姥眼睛瞪得大大的，驚恐的說：「他的尿液就像茶色的藥汁，我初看時還以為他尿出血來，後來拿到太陽下看，才知道不是血。」

「啊！難道是……」志達想起了一個人，天生有「蠶豆症」的李繼程。

「怎麼了嗎？」眾人都好奇的望著他。

「那豆瓣醬是不是蠶豆做成的？」志達問鄭春發。

「沒錯，我在購買的時候問過，確實是蠶豆所製。賣豆瓣醬的老闆說，唯有蠶豆發酵才有那樣的好滋味。」鄭春發說。

「那麼我知道了，武聚文天生體質特殊，不能吃蠶豆。」志達嚴肅的說著。

「只要吃了蠶豆，就會發病。」

「有這種病？」姥姥問。

「是的，而且這種體質也不能吃黃連之類的藥材，你用黃連幫他解毒，其實是火上加油，加重了他的病情。」志達誠摯的說。

「啊！怎麼會這樣？」姥姥驚愕不已，隨之懊悔哭泣，「我的聚文，是我害了你，嗚……」

「姥姥，請你原諒我，我不知道聚文吃了豆瓣醬會中毒。」鄭春發委屈傷感的說，「我和他友誼深厚，為了報答聚文兄教我烹煮『福壽全』的恩情，我因此取他名字中的『聚』字和我的『春』字，將酒樓取名為『聚春園』。誰知道他竟因我而死啊！對不起，請原諒我……」

「唉……」姥姥哭了一陣子之後，收拾起情緒，長長的嘆了一口氣：「說來這原來是一場意外，你並沒有錯，談不上原諒不原諒，只怪我家聚文自己命短福薄，而我也注定是個孤獨無依的老太婆……」

「不，姥姥，你留下來，我的命是你救的，我妻兒的生命也都是你救的，你是我們家的大恩人，讓我奉養你終生，尊你敬你如親娘，好嗎？」

「這……」姥姥猶豫不決。

雪嬌連忙過來抱住姥姥，跪下懇求。姥姥這才點頭，鄭春發掙扎著從床上坐起，三人抱頭痛哭。

志達也感動流淚，他吸口氣，走出屋子，敲擊軒轅石。

「雷金流火，天地玄黃，元祖叱吒，萬古流芳……」

第十五章 突襲校園的新督學

體育館的屋頂再次冒出青色火焰，志達回到學校，看附近無人注意，便用輕功輕巧的跳到地上。

「噹……噹……噹……」上課鐘響了，志達回到教室，若無其事的繼續上課，但心中想的都是如何去調查族譜的真相。

中午吃飯時間，他跑去找羽萱。對她說：「我發現一個方法，可以混進銀行，打開保險箱。」

「什麼方法？」

「你跟我來。」

志達帶羽萱來到廁所前面，然後自己跑進男廁拿出手機，從瀟湘煙雨湘菜館的網站中調出魏鼎辛的照片，把照片放大，然後對著鏡子施展「分筋錯骨易容術」。他催逼內力集中到臉上，然後讓眉骨高一點，鼻骨低一些，又讓顴骨突一點，下巴收一些。接著把額頭的肌肉收縮，製造出一排排的抬頭紋，內力又推向眼睛下方的肌肉，讓眼窩下方鼓起，製造出一雙大眼袋，最後再讓眼窩兩側和口腔附近的肌肉萎縮，使得眼尾產生深深的魚尾紋，嘴脣皺巴巴，鼻翼兩側往下生出兩道又深又長的法令紋。

他左右轉頭照照鏡子，看看臉上處理得差不多了，這才發現他的耳垂太短窄，因此又施加內力過去，將那兒的小肌肉往下拉，製造出一對大耳垂。

一旁有男同學看見了，好奇發問。

「咦？有變裝比賽嗎？」

「萬聖節的化妝舞會時間還沒到吧？」

「你們班在上話劇課嗎？」

志達不理會他們，專心一意的調整細節，讓自己假扮得唯妙唯肖。

他看看差不多了，走出男廁，來到羽萱面前。

「魏鼎辛長老！」羽萱驚訝的後退一步，「你怎麼突然來了？來我們學校有……有什麼事嗎？你找誰，怎麼穿我們的制服……」

「哈哈哈！」志達看她語無倫次的樣子，抱著肚子大笑。

「啊？不會吧？」羽萱聽到志達的聲音，一時瞪大眼珠子，盯著志達的臉來回細看，然後皺起眉頭，大惑不解的問：「這是怎麼回事？」

「分筋錯骨易容術。」志達簡單回答。

「怎麼辦到的？」羽萱伸手在他臉上摸了又摸，又用食指和大拇指掐他的臉皮，意圖扯下來。

「痛啊！」志達出聲阻止，用手撫摸自己的臉，「我的大小姐，請你輕一點，這可是如假包換，真材實料的真臉皮。」

「喔……」羽萱仍然驚愕的看著他的臉，老半天說不出話。

「我們到旁邊去，讓我慢慢說給你聽。」

志達帶她到一旁的花臺坐下，然後把這次穿越到古代所發生的事，鉅細靡遺的說給羽萱聽。

「哇！這未免太神奇了。」她驚訝之餘，開玩笑說，「可不可以請你幫忙？哪天等你有空，易容成我心儀的偶像明星，讓他陪我吃晚餐，哈哈哈！」

「那有什麼問題。」志達爽快答應，「只要不是做壞事都行，我有向葵花姥姥對天發誓，不用這個功夫幹壞事。」

「太棒了。」羽萱超級開心。然後她又盯著志達的臉看了一會兒，搖搖頭說：「臉上的五官是很像啦，可是魏鼎辛有點禿頭，臉上有老人斑，膚色也比較暗沉，這些都不像。」

「我聽姥姥說，髮型可以靠假髮掩飾，但膚色就得用化妝了。」

「那沒問題，這些東西道具店都借得到。」

「但我今天下午就想假扮成魏鼎辛潛進銀行。有機會揭開族譜的祕密，我一刻都等不及。」

「喔！讓我想想……」羽萱摸摸下巴，「我知道了！禿頭可以戴上帽子掩飾，至於黑斑和膚色，我可以找我媽幫忙。」

羽萱二話不說，拿起手機打給她媽媽。

「媽，我和志達找到關於主上的線索了。不過志達需要化妝，你能幫我送你平常用的化妝品到學校來嗎？……對啊，還需要一些服裝……帽子、襯衫、西裝外套，快一點喔！」

「你真厲害，設想得那麼周全。」志達笑著說。

「那還用說！」羽萱掛上電話，輕輕笑著說。

「真的謝謝你。」

「你先恢復原狀吧！免得嚇到老師們。」

「好。」

志達走回廁所，將臉上的內力全都收攏回去，集中到丹田，恢復了自己的青春容貌。

他們先各自回教室，吃過飯後，羽萱傳簡訊給志達，要他先跟老師請假，接著在人煙比較稀少的活動中心前碰面。

志達依照羽萱吩咐向老師請了事假，拿了假單，背著書包來到活動中心外，看到羽萱對他揮手。

志達走過去，羽萱秀出準備好的東西說：「化妝包，我媽的。帽子、襯衫、西裝外套，我爸的。」

「太好了，我這就去換裝。」志達拿了轉身便要走，卻被羽萱叫住。

「等一下。」羽萱急忙從後面追趕上來。

「怎麼了？」志達好奇的問。

「你知道怎麼化妝嗎？」羽萱問。

「哎，我的確沒化過妝。」志達不好意思的抓抓頭說。

「我從小玩我媽的化妝品長大的，讓我幫你吧。」羽萱自信滿滿的說。

志達點點頭，和羽萱一起走進活動中心。他躲進廁所再次施展易容術，假扮成魏鼎辛。這時候，羽萱也拿出手機，調出魏鼎辛的照片，一邊對照，一邊在志達的臉上塗上深色的粉底，再用黑炭筆畫出老人斑，讓他越來越接近一個六十多歲的老人。

完成之後，志達換了衣服，羽萱幫他戴上帽子，遮掩住濃密的黑髮。

「哇！簡直就是從鏡子裡走出來的魏老闆。」羽萱讚嘆的說，忽然她又覺得哪裡不對勁，上上下下細細的打量志達。「不行，你的手太細太嫩，身高也矮了一點，這怎麼辦？會露出破綻的。」

「我忘了這些細節，等一下。」他閉起眼睛專心致志，再次施展「分筋錯骨易容術」，這回把內力推向四肢，拉長了筋骨和肌肉，又讓手指變粗，皮膚毛孔變大。

羽萱親眼目睹易容術的變化，忍不住嘖嘖稱奇，最後她在志達的手背和指頭上都塗上深色粉底，再用黑炭筆修飾一下，就大功告成了。

「好，我走了。」志達說完便轉身要走。

「喂，等等，魏鼎辛是個老人，所以你的背要駝一點，走路慢一點，這樣才更像。」

「我試試看。」他照著羽萱說的，原地來回走了幾趟。

「對對對，這樣可以了。」羽萱說完又發覺不對，「不行，你的聲音。」

「喔！」志達張大眼睛，會意點點頭，然後瞇起眼睛，裝出老態，用滄桑的聲音對羽萱說：「小妹妹，你迷路了嗎？讓老爺爺帶你回家吧！」

「哈哈哈！」羽萱捧腹大笑說，「真的好像！」

「好，這次真的走了。」志達往大門走去。

羽萱目送他的背影，頻頻向他揮手。

志達走著走著，漸漸習慣分筋錯骨帶來的疼痛，不知不覺忘了自己現在的身分，變回原本輕快的步伐，背也挺直了。

來到校門的警衛室前，警衛看見他，忽然從椅子上站起來。

「啊！」志達看到警衛，把手伸進口袋拿假單，卻只摸到了手機和捷運票卡，這才想到假單放在書包裡，遺留在活動中心裡忘了拿。「糟糕！」

「這位老先生，您是？」警衛先生走上前來，疑惑的望著他。

「咳咳！」志達這才驚覺自己不是林志達了，趕緊清清喉嚨，故意挺起胸膛，捲起舌頭壓低聲音說，「我……我是新上任的督學……」

「督學好！」警衛先生驚訝的雙腳一蹬，立正站好，並向他舉手敬禮。

志達忍著笑意，迴避警衛的眼神，對他點點頭，腳步不停的向前走。

「怎麼校長或主任沒送您出來？」警衛彎著身子跟過來。

這警衛真是跟屁蟲。志達心想，他只得又點頭，然後揮揮手。

「難道是沒有預警的突擊檢查？」警衛喃喃問道。

「噓！」志達停下腳步，把食指放在嘴唇上，故作神祕的看看左右，然後對警衛揮手繼續前進。

警衛見狀一愣，不再跟著他，志達得以慢慢走出大門。

在他身後，傳來警衛懊惱的自言自語：「完蛋了，現在通知校長也來不及了。」

第十六章 保險箱裡的終極證物

志達憑著記憶用手機的地圖功能搜尋那家銀行的位置，找出前往那兒最短的捷運路線，花了半個多小時便抵達銀行。

他站在銀行門口，心臟怦怦亂跳，感覺忐忑不安。他深深吸口氣讓自己鎮定下來，然後彎腰駝背，慢慢的爬樓梯上二樓，找到昨天接待魏鼎辛的職員，對他點頭揮手。

「魏老闆您來了，歡迎啊！」男職員親切的迎上前。

志達看到他的襯衫胸前別了一個名牌，上面寫「趙常山經理」，便握起拳頭放在嘴巴前咳嗽兩聲，壓低聲音說：「趙經理，今天又來麻煩你了。」

「唉呀！魏老闆太客氣了。這是我們的工作，不管什麼時候都很樂意為您服務。」趙經理看他的打扮跟姿態，關懷的問說：「魏老闆您怎麼了？聲音有點沙啞，是身體欠安嗎？」

「是啊！昨天晚上貪涼，開冷氣睡覺，著涼嘍！」志達苦笑，還吸了一下鼻子，「今天起床就頭昏腦脹的！」

事實上，他運用內力已久，真氣有些不濟，身上又感到分筋錯骨的痛楚。

「您要多保重啊！」趙經理又說。

「謝謝你關心。」

「那麼今天來，有什麼需要我為您服務的嗎？」

「一樣，我要開保險箱。」志達瞇起眼睛，刻意顯得疲累。

「好的，請您在鍵盤上輸入密碼。」

啊！志達心中一驚，想不到有密碼，他不知道什麼密碼呀！這可怎麼辦？

「這……喔……」志達發出遲疑的聲音，接著長長的嘆口氣。「唉！趙經理，看來我病得不輕，竟然頭昏腦脹得忘了密碼。這可怎麼辦才好？」

說完後他又吸了兩下鼻子，然後歪頭扶著太陽穴，露出痛苦的表情。

「這個……按照公司的規定，需要輸入密碼給我們核對，無誤之後才能給您鑰匙的呀！」趙經理為難的說。

「我知道這有違規矩，不過我急著要拿一樣東西，這密碼也只有我知道，要是等我病好想起密碼，那就來不及了。」志達用哀憐的口氣說，「趙經理，能否請你通融一下？改天到我們瀟湘煙雨湘菜館，讓我好好的請你吃一桌湖南大菜！」

「好吧，您是我們銀行的大客戶，自然可以例外。但是請您不要讓其他人知道，免得讓我受罰。」趙經理靠過來，壓低聲音說。

「那是當然。」志達不停的緩緩點頭。

趙經理走進櫃臺後面，在一臺電腦上輸入資料，嘴裡無聲的唸著一組號碼，然後從後方櫃子裡拿出一把附有號碼牌的鑰匙，再走過來交給志達。

「有勞了，謝謝。」志達學大人說話的口氣，接過鑰匙，轉身走進一旁的保險箱室。

他按照鑰匙上的號碼牌，找到了同樣號碼的保險箱，懷著一顆忐忑不安的心，把鑰匙插進鑰匙孔，將鎖轉開，拉開那個深深的抽屜。

「太棒了！」志達忍不住輕輕叫了一聲。

那本藍色的「魏氏族譜」果真躺在裡頭，一旁還有好多金條、珠寶首飾，以及股票證券、契約之類的東西。

他拿起那本族譜，一翻開卻愣在原地，因為裡面密密麻麻的寫了無數的人名，這些人名幾乎都是姓「曹」。

「這根本就是香港那本『曹氏族譜』啊，肯定是被魏鼎辛搶走後換了書封。」志達低頭又想，「可是他為什麼要這樣做呢？他真的是主上嗎？」

他開始尋找「曹雪芹」的名字，翻來找去，不久後終於找到了。

曹雪芹的兒子底下注記「早殤」兩個字，想必是因為小時候就夭折的關係。一旁，曹雪芹的堂兄曹風竹有兒子，底下注記「繼子」。看來那曹風竹遭受虎魔毒害後無法生育，過繼了一個人來當兒子。後來曹風竹的繼子開枝散葉，有十幾世的子孫，人數眾多。

啊！魏鼎辛的名字竟然也列在下面一堆人名中，魏興則位在魏鼎辛下面。在魏鼎辛之上的那個人是曹明通，一旁注記「出贅」，而曹明通的旁邊是魏氏。這是怎麼回事？

志達的腦筋當真昏沉起來，當然不是感冒，而是頂著內力持續運作「分筋錯骨易容術」，一路撐著筋骨錯置的痛楚，到這會兒已經有些承受不住，虛弱疲累了。但從這本「魏氏族譜」看來，魏鼎辛確實是曹雪芹家族的後代子孫，或許正因為這本族譜對他別具意義，所以他才會出手搶奪族譜。可是一本族譜值得他冒這麼大的險嗎？不，這不是搶奪族譜的好理由，他一定是害怕我和羽萱查出真相才搶走它的。

然而，魏鼎辛雖然搶走族譜，但曹氏的在世子孫並不少，那些人也都有子孫，每一個都是曹雪芹的後人，每一個都可能傳承了那個裝有蚩尤石的錦囊。

那麼該怎麼確認？誰才是真正擁有那傳家之寶的主上？

志達正想得出神之際，瞄見保險箱深處有個雕刻精美的小木盒。他好奇的拿出來打開，赫然發現裡面是一個錦囊，上面還有被剪破的布條封印，繡有「王小余封印，乾隆十三年」等字。

天哪！這不就是媽媽說的，那個裝蚩尤石的錦囊嗎？

到這兒已經非常清楚，魏鼎辛擁有蚩尤石，他搶走族譜，他豢養噬血魔，他就是主上！

志達把錦囊塞進褲子口袋，拿起族譜，把木盒擺回去，鎖上保險箱，走出去歸還鑰匙。

「謝謝趙經理，有空來餐廳吃飯，讓我好好招待你。」志達忍著身上的痛苦，用僅存的內力說著。

「魏老闆太客氣了，請慢走。」趙經理鞠躬比出右手，指引下樓的方向。

志達轉身才要走，忽然趙經理大喊一聲「等一下！」，志達嚇得滿身起了雞皮疙瘩，站在原地一動都不敢動。

難道我露出破綻，讓他發現了嗎？志達慌張不已，頭上冒出許多汗珠。

「魏老闆，您的鞋帶鬆掉了，我來幫您繫好。」趙經理說著，一個箭步來到他面前蹲下來，幫他綁鞋帶。

我穿著學生褲和跑鞋，萬一被發現怎麼辦？志達心中暗自祈禱，希望趙經理不要起疑才好。

「好了。」趙經理站起來，看著志達眼睛張得老大，「魏老闆，您額頭都冒冷汗了！真的要好好保重，小病不醫終成大患啊。」

「會的，謝謝你，我待會兒就去診所一趟。」志達點著頭，慢慢走下樓梯。

走出銀行之後，志達大大的鬆了一口氣，然後轉到一旁巷子裡，找個隱蔽處坐下來，把族譜放在大腿上，卸下頂住筋骨肌肉的內力，再慢慢收攏在一塊兒，安進丹田處。

然而剛才易容耗掉他太多內力了，他感到氣血不足，精力虛弱，必須提振一番才行。他慢慢調整呼吸，感受氣息重新在四肢百骸中運行，再將內力凝聚在丹田，就這樣反覆數次，最後在胸前畫一個大圓，緩緩吐出一口氣。

短暫休息後，志達覺得恢復了精神，看看手機上的時鐘，已經快要五點了。他一刻都不願停留，再次搜尋手機中的地圖，找出瀟湘煙雨湘菜館的位置，啟程去找魏鼎辛對質。

半個小時後，志達抵達瀟湘煙雨湘菜館，透過落地大玻璃窗，看見接近晚餐時間，已經陸續有客人前來用餐，服務人員忙著點餐送餐，卻到處不見魏鼎辛。他一走進去，便質問櫃臺人員：「請問魏老闆在哪裡？」

「你不是繼程的朋友嗎？老闆在樓上還沒下來。」櫃臺人員說，「繼程也還沒到家，你在這兒坐一下。」

「我去找魏鼎辛。」

志達說完就走進去按電梯。

「啊……」櫃臺人員原本想要阻止，但剛好有客人上門，她只得忙著招呼，無暇他顧了。

電梯在十五樓停下，志達走出電梯正要轉開大門，恰恰大門打開了，魏鼎辛西裝筆挺的走出來，準備到樓下餐廳招呼客人。

「林志達！你怎麼又來了？」魏鼎辛驚愕的叫出聲。

「我是來揭開你的真面目的。」志達不客氣的說，並且展示出手中的族譜。

「你怎麼會有我家的族譜？」魏鼎辛即刻臉色一變，生氣的問。

「這不是『魏氏族譜』，」志達指著封面上的字，「而是你從我手中搶來的『曹氏族譜』。」

「你在胡說什麼？你怎麼會有這本族譜？我明明昨天才放進銀行的保險箱……難道是你偷來的？不可能呀！銀行戒備森嚴，保險箱又在二樓。還是你串通了經理？」

「我已經查出來了。你是曹雪芹的後代，你擁有蚩尤石，你就是主上。是你毒害了我媽媽，又用毒針暗算我，連帶害死湯之鮮。」志達一股腦兒的數落魏鼎辛的罪狀。

「胡說八道，證據在哪裡？你憑什麼像上次一樣誣賴我？」魏鼎辛壓抑盛怒說，「快交出族譜，我就不跟你計較，否則用偷竊罪抓你去警局。」

「就憑這本族譜。」

「一本族譜能證明什麼？」

「還有這個被封印的傳家寶錦囊。」志達從口袋掏出錦囊。

「可惡！你到底還拿了什麼？」魏鼎辛壓抑不了怒氣，大聲咆哮起來，「都還給我。」

「不，我要交給警察，這是最有力的證據。」志達嚴正說著。

「由不得你！」魏鼎辛一隻大手抓過來，志達連忙閃躲，把錦囊又收進褲子口袋內。

魏鼎辛撲了空，氣急敗壞，揮舞雙掌，打出一道陰風，志達急忙丟下族譜，往旁側身閃過，並且施展全脈神功對付。

「你會五毒陰功，還不承認自己是主上？」

「少廢話，今天我不只要拿回錦囊，還要拿走你的軒轅石。看招！」魏鼎辛勾起手掌高懸頭頂，一個箭步挨近志達。

志達一看不妙，轉身跑進樓梯間，飛快爬上頂樓的天臺。

魏鼎辛追上天臺，兩人在寬闊的空間對打，有時互相躲開對方的內力襲擊，有時以掌風正面迎戰。兩人騰跳踢轉，拳打、臂格、肩撞、膝頂，肘擊，一陰一陽的掌風與內力不停的在空中旋轉飛舞。

十幾回合下來互有輸贏，卻沒有人能打敗對方。

趁志達剛彈跳落地而喘息的短暫時間，魏鼎辛集中全身陰氣到丹田，重重對志達揮出一掌。志達轉頭發覺，急忙輕功飛跳起來躲過。然而倉促中，志達卻忘了控制已經提升的強大內力，飛得太高太遠，竟飛出女兒牆外，直直往樓下墜落。

第十七章 陰謀與真相

就在十分鐘前，繼程正搭著公車往回家的路上，他忍不住再次回想那封信的內容。

鼎辛：

來港已經兩個月了，十分想念你們。虹還好嗎？別忘了每天餵她吃藥。彩在學校的功課還跟得上吧？興比較皮，叫老師盯緊一點，不乖就處罰。

你叫我來香港租房子是對的，這兒不但有好幾條中藥街，五毒蟲卵的地下交易也很熱絡，我的錢目前還夠用，但希望你再匯一些過來，這兒物價不低。

我練功進度良好，服食中藥和五毒蟲卵熬成的藥汁以後，五組經脈都能練出冷涼之氣，而且越來越旺盛。目前招式都已熟練，就等冬至去眉心穴吸取極陰之氣，便可大功告成。

等我練出奇功，我們的虹就有救了。距離冬至只剩一個半月，你且忍耐……

繼程深吸口氣，抹去溢出眼眶的淚珠。

下車後走進餐廳，櫃臺人員對他說：「你朋友跑到樓上去了，好像說要找老闆還是找你？我也搞不清楚，你快去看看。」

「啊！」繼程一聽知道有問題，急忙搭上電梯來到十五樓。

電梯一開，他看見大門開著，門口的地上躺著一本「魏氏族譜」。

「志達！林志達！」他把族譜拿進客廳，放在桌上，又朝裡面喊著：「外公！外公！」

「不對呀！這裡都沒人，難道在樓上？」繼程說著急忙跑出去，直接爬樓梯一層一層上去察看，直到二十一樓的頂樓天臺，剛好看見外公對志達揮出重重的一掌，志達高高的往前跳起來躲過那掌風，女兒牆上留下一個黑掌印。

但下一秒志達竟然摔下女兒牆，消失蹤影。

「志達！」繼程慌張的大叫，整個人傻愣在樓梯口。

魏鼎辛回頭看他一眼，鐵著一張臉走到女兒牆往樓下看去。

「太高了，看不到人，鐵定摔得粉身碎骨。」魏鼎辛吐出一口氣，鬆懈下來。

「外公！你怎麼可以把志達打到樓下去，你殺死他了，嗚……」繼程傷心的跪地哭泣。

「是他自己跳出去的，不准說是我打他的，誰來問都一樣，聽到了沒有？」魏鼎辛轉身對繼程說，然後往樓梯口走，準備下樓去拿志達的軒轅石。

「啊！」志達忽然從女兒牆後面出現，輕功越過牆頂，又揮掌過來。魏鼎辛察覺不對，急速轉身與他對招。

「你這小子真是命大，這樣也摔不死你？」魏鼎辛好奇的問。

「還好我有吸拉的內力，及時朝大樓外牆施展吸力，才能趕快爬上來。」志達慶幸的說。

兩人又對打起來，花招百出，內力亂射，仍然平分秋色。

繼程止住眼淚在一旁看得眼花撩亂，目瞪口呆。一會兒之後，他想起那封信，心中一酸，便一鼓作氣，跳下去幫志達打外公。

「啊！」魏鼎辛的背部遭到一擊霹靂南瓜拳，往前一蹌差點摔倒。他回頭，痛心疾首的說，「你竟然幫著外人對付我，真是白疼你了……」

「外婆就是赤焰大仙。」繼程義正詞嚴的說。

「什麼？你說什麼？」魏鼎辛驚異的問他，「什麼赤焰大仙？」

「繼程，你是怎麼發現的？」志達也感到驚訝，停止攻擊。

「我看到外婆在香港寫給你的信，她到眉心穴去練一種奇功，為的是醫治虹虹阿姨的心臟病。」繼程難過的娓娓道來，「我推測，回到古代去抓噬血魔的女人，就是外婆。」

「你這孩子在亂講什麼？」魏鼎辛生氣的罵著。

「而你，是下毒害人的主上。」繼程痛心的說，「外公，你為什麼要做那麼多壞事？為什麼要害人？」

「我做了什麼？」魏鼎辛仍不打算承認。

「我親眼看見的。我在地下三樓的暗室都看見了。」繼程繼續細數他的發現，「牆上有十多個監控螢幕，對面牆上貼著一張寫有五大神菜的破紙，一旁懸掛一個大神主牌，上面同時奉祀『曹』和『魏』兩個姓……」

「繼程！」魏鼎辛阻止他往下說，「你不要管這件事，就當作什麼都不知道，快讓到一邊去。」

「為什麼？外公，你為什麼要這樣做？」繼程既著急又困惑，忍不住又流下淚水。

魏鼎辛不答。

「這麼說來，第五道神菜的菜名，是你寄給我的？」志達問。

繼程沒有說話，但是明確的點頭。

「你這吃裡扒外的東西，我要把你趕出家門！」魏鼎辛豎起眉毛，雙眼如著火一般對繼程咆哮，整張臉都漲紅了。

志達一看，突然想起衛好農在眉心穴練全脈神功時，眉心發出紅光的事。他細想，衛好農打出的全脈神功那麼強勁，是不是跟眉心發紅有關呢？記得葵花姥姥提過「上丹田」，也是在眉心，難道那兒是用來集中內力的地方……

他趁兩人對話之際，將全身經脈的內力全都往上催逼，集中到眉心間，感覺腦中熱脹不已。

這時，魏鼎辛把繼程推開，又對志達展開攻勢。志達翻身一轉，把頭上凝聚的所有內力打出去，沒有想到全脈神功的威力增加數倍，掌風汩汩湧出，如海嘯襲岸般打在魏鼎辛推出的雙掌上，魏鼎辛猶如遭遇慧星撞擊，飛速後退撞上女兒牆。

原來由「上丹田」所發出的內力，會比來自腹中丹田強勁好幾倍。

「嗚……」魏鼎辛口中吐血，無力動彈。志達衝上前去，舉高右掌要給他致命的最後一擊……

「外公！外公！」繼程急忙跑過去抱住他。

「啊……」魏鼎辛緩緩搖著頭，氣若游絲，「我武功盡失……毒氣反噬經脈，我感覺到它們正一寸一寸的斷裂……」

「外公！外公！你不要死……嗚……」繼程傷心哭泣。

志達看著繼程，腦海中卻傳來嬰兒的哭聲，同時閃現出葵花姥姥抱著嬰兒時百感交集的模樣。

他因此輕輕放下高舉的那隻右手。

「你為什麼要做這些壞事？」志達蹲在他們身邊，鄭重的問魏鼎辛。

「一切……都是為了……為了治好虹兒的病……呼……」魏鼎辛不住的喘

息，似乎將要斷氣。

志達忙將一股真氣輸入他的胸口，他深吸一口氣，氣息終於緩和下來。

「說清楚一點，也許我能幫上忙。」志達誠懇的說。

「事到如今，你還願意幫我嗎？」魏鼎辛不相信的問。

「聽起來這一切的壞事，全是你和你老婆所做的，跟魏虹阿姨無關。如果能幫助她，我當然願意。」志達誠懇的說。

「你……」魏鼎辛受到感動，流下眼淚，接著慢慢的說出隱藏已久的祕密。

「虹兒有先天性心臟病，我們遍尋名醫都不見效，聽說香港有奇功，練好之後能醫治各種病症，我的妻子因此前往，高價買下祕笈。祕笈中提到，必須在冬至時，到香港大嶼山龍脈的眉心穴，吸取極陰之氣才能練成，為此她長住香港好幾個月。」

「外婆的信裡有提到香港練功的事。」繼程附和著說。

「你外婆回來臺灣後用奇功醫治虹兒，卻害得虹兒神智不清，原來她學到的是五毒陰功。她為此十分自責，氣急攻心下失去理智，竟剪開了錦囊上的封印，意外讓蚩尤石重現江湖。」魏鼎辛緩口氣後又說，「蚩尤石指示，只要增強它的靈力就能治好虹兒，最快的方法就是把軒轅石碾成粉末混入五毒丹液中，再把蚩尤石放入吸取軒轅石的能量。」

「原來是這樣，所以你一直要搶我的軒轅石。」志達恍然大悟，「那麼，你為什麼要去偷湯之鮮的全脈神功祕笈？」

「不，當年下手偷祕笈的是我妻子。由於湯之鮮隨身攜帶軒轅石，無法直接搶奪，因此她蒙面去他家偷盜祕笈，想設局引誘他前來，再暗中打敗他搶走軒轅石，結果被湯之鮮發現而失敗。繼任的范衛襄又把軒轅石鎖進銀行保險箱，我們完全無計可施。」

「那噬血魔又是怎麼來的？」繼程問。

「那也是蚩尤石指派的。將噬血魔的魔血塗抹在石頭上，可以增強它的靈力，但還是遠遠輸給軒轅石。」魏鼎辛回憶著說，「唉！在那之後，我和你外婆決定從長計議，一方面培植你舅舅去爭奪下一屆幫主，便能名正言順的得到軒轅石。另一方面，你外婆也聽從蚩尤石的慫恿，去古代抓回噬血魔，以魔血餵養他們。」

「那地下暗室是什麼時候蓋的？為什麼我都不知道？」繼程困惑的提問，「我也從來不知道家裡有噬血魔出沒。」

「我生意越做越大，後來蓋了這棟大樓，設置機關和地下暗室，專門用來豢養五隻噬血魔。平常我都是在半夜放出噬血魔，在那之前，我也會燃放迷魂香，別說你和你舅舅，就連宿舍裡的員工也都昏睡到天亮。」

「是萬紫千紅香嗎？」志達想起鴛鴦大盜陳興盛和陳麻婆所用的迷魂香。

「沒錯。」魏鼎辛點頭。

「那虹虹阿姨又怎麼會知道機關？」繼程問。

「我有時會帶她到地下暗室玩，她就是這樣才看見紅牛和大火。」

「轟一聲，大火燒起來，一隻怪獸跑出來。」志達恍然醒悟。

「原來是這樣。」繼程說，「後來呢？」

「九年前你外婆中毒太深死了，死前遺願要我發誓治好虹兒，我答應了。她把可以用來控制噬血魔的五毒陰功傳授給我，我也很高興自己的武功變得很強大。沒想到你舅舅今年在幫主選拔的武藝大會輸給陳淑美，我沒辦法再等下去，才派豺魔毒害陳淑美，這一切都是為了要得到軒轅石。」

魏鼎辛感嘆的轉而對志達說：「現在五隻噬血魔都死了，我搶到那本族譜，換了封面，鎖進保險箱，心想沒有人能抓到我的把柄，沒想到還是被你破解了。志達，求求你給我軒轅石，好讓我女兒康復好嗎？」

「不可能！」志達斷然拒絕，「吸取別人的靈力來壯大自己，就跟你害我媽來救你女兒一樣，都是自私邪惡的。蚩尤石的話完全不能信，它只是要利用你們夫妻來消滅軒轅石，而你們卻效忠它，毒害了許多無辜的人。」

「啊！看來我跟我妻子一樣，走火入魔了，竟然相信一顆魔石。」魏鼎辛宛如遭到當頭棒喝，懊悔的說，「我錯了……」

魏鼎辛話未說完，眼睛閉起來，陷入昏迷。

「外公！你不要死……嗚……」繼程感到慌張無助，不停啜泣。

第十八章 兩石的結局

「繼程，你不要傷心，我先幫你外公護住心脈。」志達坐到魏鼎辛身後，運功為他療傷。果然魏鼎辛的心臟正遭受到毒氣攻擊，志達急忙用內功將毒氣吸聚起來，再推到大動脈運行到肺部。

「咳！咳！」一陣狂烈的咳嗽之後，魏鼎辛咳出毒血，醒了過來。

「我想幫魏虹阿姨運功，看看她身體出了什麼問題。」志達說。

「好、好，到十五樓去。」魏鼎辛點頭說。

繼程跟志達一起扶魏鼎辛下樓，來到魏虹的房間，楊小姐正在餵她吃飯。

「楊小姐，你先到客廳去。」魏鼎辛說。

「魏老闆，你怎麼受傷了？這是怎麼回事？」楊小姐看見魏鼎辛身上的毒血驚訝的問。

「你去打電話叫救護車。」繼程說。

「我這就去。」楊小姐快步走去客廳打電話。

志達二話不說先在魏虹身上點穴，她瞬間麻痺一倒。接著，他讓繼程扶她坐起，然後盤腿坐到她背後，雙掌運功，從她後背輸入內力。

內力像是探測器，深入各個經脈，他赫然發現裡頭十分混亂，胃經、脾經與腎經、膀胱經絞在一起，肝經、膽經則是與肺經、大腸經混在一塊，心經與小腸經更是同時與這四組經脈互相糾結纏繞。

「經脈錯亂！」志達不知不覺說出這四個字。

實在是很亂！很複雜！他停下來喘口氣，定了定神，然後繼續運功，試著一一將每一條經脈梳理開來。還好，憑著全脈神功的內力導引，每一條經脈都跟著志達輸進去的脈氣湧動，漸漸的分出彼此，並回歸到正位。

魏鼎辛看著志達認真的模樣，熱淚盈眶。

志達將經脈梳理完畢之後，感應到心臟部位有所缺損，跳得很快又有雜音，但不是他能夠修補的，因此收了功，並解開穴道讓魏虹清醒。

「你是……」魏虹回頭看見志達，不知如何稱呼他，倒是看見了魏鼎辛，高興的大叫一聲，「爸爸！你旁邊的孩子是繼程吧！媽媽呢？」

「你……你能認人了。太好了。這幾十年來，你第一次開口找媽媽……嗚……」魏鼎辛激動的說。

「很抱歉，她的先天性心臟病不是我能夠醫治的。」志達抱歉的說。

「不用抱歉，神智能恢復清醒已經非常好了。志達，我欠你太多了。」魏鼎辛感激涕零的說，「太感謝你了。」

這時醫護人員進來，楊小姐和洪規果跟在後面，只見洪規果焦急的問：「老闆，你怎麼了？現在是什麼情況？」

繼程不知如何回答，先請醫護人員將外公和阿姨都帶下樓，送上救護車，到醫院進一步治療，他也上車一同前往。臨行前志達對他說：「我要趕快回去醫治我媽。」

志達離開瀟湘煙雨湘菜館，到市場買了苦菜和小腸，先回羽萱家烹煮成苦菜小腸湯，然後帶著這道湯品跟羽萱一同去安養院。志達先餵媽媽喝湯，然後施展全脈神功第五式，將內力運到媽媽的身上，修復了心經和小腸經。

收功之後，陳淑美全身軟綿綿的躺下來。

「媽，你動動手腳。」志達期盼的說。

陳淑美成功的動了手指頭和腳趾頭，接著，她嘗試著以右手為支撐，側身爬起來，並且把腳一蹬，手一推，站起身來，在原地緩慢的來回走動。

「啊！我好了、我好了！我又能走路了。嗚……我能走路了……」陳淑美驚喜萬狀，感覺彷彿做夢一般，抱著志達喜極而泣。

志達咧開嘴，眼睛充滿了淚水。羽萱更是高興的哭了。

志達把魏鼎辛夫婦的罪行說給媽媽聽，也說了他現在悽慘的模樣。陳淑美聽完前因後果，除了責備魏鼎辛，也為他難過，聊著聊著也慢慢的釋懷了。

另一頭，魏鼎辛被送進急診室之後，很快被安排轉到病房。

「繼程，你去聯絡警察局，跟警察說我要自首，請他們派人來一趟。」魏鼎辛說。

繼程照做。不久後警察來了，做完筆錄後對魏鼎辛說：「看起來你犯了嚴重的傷害罪，林志達和方羽萱私闖民宅也有違法的事實，尤其林志達還侵入銀行偷取東西，有詐欺和竊盜罪嫌，又重傷了你，我得找他們問話，協助調查。」

「他們這麼做情有可原，能不能請你們從輕量刑？」魏鼎辛懇求說。

「這不是我的權責，不過相信這部分法官會酌情審理，如果沒有惡意，加上他們未成年，通常只有一些象徵性的刑罰，提醒他們要為自己的行為負責。我這就去找林志達。」

警察說完便要離開，繼程說：「我跟你一起去。」

「繼程，等一下。」魏鼎辛從懷裡拿出一顆雞蛋般大小，暗紅色的石頭，交給繼程。「把蚩尤石拿給志達，只有他才有辦法對付這魔石。」

「好！」繼程接下這份任務。

安養院內，志達聯絡外公，陳淑美親自跟他分享恢復健康的好消息，不久方子龍與方太太也來了，恭喜陳淑美康復，氣氛一片歡喜。

晚上九點左右，警察和繼程來到安養院內，訊問志達和羽萱。志達敢做敢當，直言不諱，全盤托出。

「這些武功實在太不可思議了，但你們的行為更讓我瞠目結舌。」警察驚訝的說，「相信法官了解所有事實之後，會做出最好的安排。」

「我外公要我把這個給你。」繼程拿出蚩尤石交給志達，「他相信你也會做出最好的安排。」

「我？」志達接過石頭，一時不知如何是好。

忽然軒轅石在志達的懷中騷動，志達掏出來看，它上頭的五彩色紋顯出斑斕光澤，就在那瞬間，軒轅石發出青光，蚩尤石發出紅光，雙雙飛到天花板下，激發出耀眼的強烈光芒，讓房間內的所有人都睜不開眼睛。

兩顆石頭保持距離相互對峙，接著開始旋轉，紅光和青光在牆上交替閃爍，似乎在尋找對方的弱點，又像是在為大戰熱身，讓人看了熱血澎湃。十數圈之後它們停止了，卻仍然遙遙對立，彼此睥睨，似乎都已經準備好對策。

打從女媧煉石補天遺留下這兩顆靈石，軒轅石鍛鍊著俠義的力量，蚩尤石修煉著惡毒的魔力，兩大力量終於在這天狹路相逢。看它們蓄勢待發的態勢，似乎都迫不及待要決一死戰。

「砰！」一聲巨響，兩石已然猛烈撞擊。瞬間天搖地動，房間裡的人站不住腳，紛紛蹲低身體。屋內同時被熊熊大火圍繞，紅火包著青火，青火繞著紅火，紅牛和青熊從火中冒出，肌肉賁張，張牙舞爪，在天花板下纏鬥。雙方你來我往，互相撕咬撞擊，驚天動地。

紅牛鼻孔噴氣，四足奮力抵擋推力，又將頭特意往右偏想扭開青熊的強力。青熊借那右偏的扭力加了把勁，讓紅牛的身體整個往右傾斜。紅牛的頸部暴露，青熊見機不可失，張口攻擊……

紅牛對空悽慘哀號，將身體弓縮成圓弧狀，正式敗下陣來。

就在大家驚訝的望著這奇景，張口結舌，震撼不已之際，火光消失了，青熊和紅牛也不見了。只見蚩尤石繞著軒轅石旋轉，猶如月亮繞地球，一同緩緩下降。

志達伸出手，兩顆石頭一一又落回他的雙掌中。

「嘶……」蚩尤石發出怪聲，瞬間碎成一撮細沙。

「啊！」眾人齊聲發出喟嘆。

歷經五千年來的紛擾與爭鬥，犧牲了無數人的性命，邪惡的力量終於被正義所消滅，人間永除後患。

（全五集結束）

少年天下系列 056

少年廚俠5：陰謀與眞相

國家圖書館出版品預行編目資料

少年廚俠 . 5, 陰謀與真相 / 鄭宗弦文 ; 唐唐圖 . -- 第一版 . -- 臺北市 : 親子天下 , 2020.01
208 面 14.8×21 公分 . -- (少年天下系列 ; 56)
ISBN 978-957-503-540-2（平裝）

863.59 108021871

作　　者｜鄭宗弦
繪　　者｜唐　唐

責任編輯｜李幼婷
內頁排版｜極翔企業有限公司
行銷企劃｜葉怡伶

天下雜誌群創辦人｜殷允芃
董事長兼執行長｜何琦瑜
兒童產品事業群
副總經理｜林彥傑
總編輯｜林欣靜
主編｜李幼婷
版權主任｜何晨瑋、黃微真

出版者｜親子天下股份有限公司
地址｜臺北市 104 建國北路一段 96 號 4 樓
電話｜（02）2509-2800　傳真｜（02）2509-2462
網址｜ www.parenting.com.tw
讀者服務專線｜（02）2662-0332　週一～週五：09:00~17:30
讀者服務傳真｜（02）2662-6048
客服信箱｜ parenting@cw.com.tw

法律顧問｜台英國際商務法律事務所・羅明通律師
製版印刷｜中原造像股份有限公司
總經銷｜大和圖書有限公司　電話：（02）8990-2588

出版日期｜ 2020 年 2 月第一版第一次印行
2022 年 9 月第一版第十三次印行
定　　價｜ 280 元
書　　號｜ BKKNF056P
ISBN ｜ 978-957-503-540-2（平裝）

訂購服務
親子天下 Shopping ｜ shopping.parenting.com.tw
海外・大量訂購｜ parenting@cw.com.tw
書香花園｜臺北市建國北路二段 6 巷 11 號　電話（02）2506-1635
劃撥帳號｜ 50331356 親子天下股份有限公司

立即購買 >
親子天下 Education · Parenting · Family Lifestyle
親子天下 Shopping
親子天下 有聲故事書